Blender

Köln, 24.11.11

Für Frank

Viel Spaß beim Lesen.

ms
MännerschwarmVerlag

GREGOR GROCHOL

BLENDER

SCHELMENROMAN

Männerschwarm Verlag
Hamburg 2011

Bibliografische Information der Deutschen Bibliothek
Die Deutsche Bibliothek verzeichnet die Publikation
in der Deutschen Nationalbibliografie; detaillierte
bibliografische Daten sind im Internet über
http://dnb.ddb.de abrufbar.

Gregor Grochol
Blender
Schelmenroman

Umschlaggestaltung: Carsten Kudlik, Bremen, unter
Verwendung zweier Fotos von Gaby Ahnert und Laslov
Kalinin / iStockphoto.com
Druck: Interpress, Ungarn
1. Auflage 2011
ISBN 978-3-86300-031-8

Männerschwarm Verlag
Lange Reihe 102 – 20099 Hamburg
www.maennerschwarm.de

Für Pascale und Papa Willi

Ha ha!

Nelson

Sehnsucht Mit dem Morgengrauen wache ich auf. Es ist kalt in meinem Zimmer, ich fühle es an meiner Nase; auch der Atem raucht. Ich dachte, der Winter sei längst vorbei. Graues Licht erfüllt den Raum; matt, sanft und schwermütig beginnt der Tag, als wolle er noch etwas verbergen. Ich bleibe reglos liegen, lausche der Stille, die mich durch ihre zwielichtige Unschuld betört, mich zum Erwachen verführt. Leise pfeift mein Atem durch die Nase. Mit dem Ohr auf dem Kissen liegend höre ich das Knirschen von Holz und meinen Herzschlag. Ich schließe die Augen und drifte weg. Für einen Augenblick schwebe ich zwischen Schlaf und Wachsein, die letzten Bilder meines Traumes flackern auf.

Von weit oben blicke ich über den Hafen. Die aufgehende Sonne blendet, brennt auf dem Gesicht, dennoch friere ich. Mein Blick schweift über das weite Panorama, aber ich fühle mich beengt, kann mich nicht bewegen. Schließlich sehe ich mich selbst: Ich bin eine steinerne Statue auf einem hohen Sockel. Eine Möwe sitzt auf meinem Kopf. Ich finde mich lächerlich und schäme mich, schäme mich auch für die Scham, die ich empfinde. Ich will mich bewegen, um die Möwe zu verscheuchen, stürze dabei zu Boden und zerbreche in unzählige Stücke. Die Möwe fliegt krächzend davon.

Allmorgendlich sehne ich mich nach dem Sekundenbruchteil, in dem sich Traum und Wirklichkeit treffen; er berauscht mich. Es ist, als könnte ich in diesem kurzen Augenblick in meine Träume eingreifen und meinem Unbewussten so ein Schnippchen schlagen. Immer wieder versuche ich mein Glück im Halten dieses Zwischenzustands, will diesen Rausch bewahren, ihn einfangen und über ihn verfügen, vergeblich.

Ich schlage die Decke zurück. Meine Muskeln verkrampfen sich, ich bekomme eine Gänsehaut. Ein Luftzug fährt mir über den nackten Körper und stößt sich an den aufrecht stehenden Haaren. Ich fühle, wie sich mein Sack zusammenzieht, lege die Hände darüber, ertaste die furchige Oberfläche mit den störrischen Haaren und massiere meinen verschrumpelten Penis. Ich atme tief, konzentriere mich darauf, mein Kälteempfinden zu überwinden, alle Energien über die Hände und durch den Schwanz hindurch zirkulieren zu lassen, sie wie einen Frostschutz über den Körper zu verteilen. Langsam entspannen sich die Beine, dann der Brustkorb, die Schultern, ich atme jetzt noch tiefer, und auch die Gänsehaut weicht. Immer noch spüre ich die Kälte auf der Haut, aber sie erfasst mich nicht mehr. Ich kriege einen Steifen.

Mit einem Mal komme ich mir erbärmlich vor. Beschämt lasse ich von mir ab und setze mich hin; sofort wird mir kalt. Ich stehe auf, streife mir ein Unterhemd über und suche meine Birkenstocks, finde sie nicht, suche also Socken, finde doch die Sandalen, suche daraufhin die Zigaretten, dann die verdammten Streichhölzer, und rauche schlussendlich bei offenem Fenster mit nacktem Arsch auf der kalten Heizung sitzend gleich zwei Zigaretten nacheinander und blicke verächtlich auf meinen Halbsteifen hinunter.

stille Macht Ich denke an Achim und sehe gleich das spöttische Grinsen, immer nur dieses Grinsen. Wie er an der Küchenanrichte steht, immer wieder den Teebeutel in seinen Becher tunkt und still vor sich hin lächelt. Wie er den Teebeutel um ein Löffelchen dreht und auswringt, dann seufzend seine Nickelbrille hochschiebt und mich mit eingefrorenem Lächeln fixiert. Wie er entwaffnend schweigt und beiläufig trinkt und nur sein Blick auf mir ruht, mit dem er Wahrheiten schafft, mit dem er belehrt, straft, väterliche Machtworte spricht, der alles sagt, aber nichts davon explizit, hinter dem er sich verbirgt und seine Autorität vertuscht. Ich hasse dieses Grinsen.

auf der Insel Trotz Kälte sitze ich im Morgenmantel auf den Stufen vor dem Haus und trinke Tee, die Kapuze tief ins Gesicht gezogen. Unter dem Mantel bin ich nackt, es fühlt sich lustig an, so frei und intim. Ein einziger Windstoß und, na ja. Sind das bereits die ersten Schrullen der Einsamkeit?

Die Schnellstraße, auf der am frühen Morgen schon zahlreiche Autos in die Stadt rasen, liegt im dämmrigen Licht. Es nieselt. Feine Tropfen glitzern im Licht der Scheinwerfer wie goldenes Konfetti für Helden. Die alte Markise hängt schwer, vom Regen ausgebeult, über dem Eingang, damit ich trotz schlechten Wetters auf den Stufen sitzen kann. Das Haus, ein grauer Flachbau, steht einige Meter zurückgesetzt, davor liegt eine schmale Terrasse, die an die Schnellstraße grenzt. Plastikstühle stehen herum, auf deren Sitzflächen Pfützen ranzige Flecken bilden. In Blumenkästen verkümmert der Wacholder. Laub sammelt sich in den Ecken, obwohl nirgendwo Bäume wachsen. Im Kontrast zu den prächtigen Altbauten, die von beiden Seiten an die Terrasse grenzen, sieht das Grundstück verwahrlost aus; und doch ist es nur gezeichnet von winterlicher Nutzlosigkeit, mehr nicht.

Durch die Schlucht zwischen den Nachbarhäusern fällt mein Blick gegen die fensterlose Rückwand eines Hochhauses. Ich frage mich, wer ein Haus mit dem Rücken zur Straße baut. Ganz oben an der Wand hängt seit Jahren eine Werbung für die Kanarischen Inseln; sie ist an die Autofahrer auf der Hochstraße gerichtet, die hinter meinem Haus entlangführt. Mit der Zeit sind die Farben verblasst. Um die malerische Bucht zu sehen, muss ich den Kopf in den Nacken legen. Ich liebe das Meer. Ich war zwar noch nie am Meer, aber das immerwährende Verkehrsrauschen hört sich mit etwas Fantasie wie Meeresbrandung an, und für das Gehirn macht es letztlich keinen Unterschied, dass ich nur ein Bild betrachte. Alles eine Frage der Vorstellungskraft.

Das Hochhaus ist von einer Brache umgeben, die zum

Teil als Winterstellplätze für Wohnwagen vermietet wird, ansonsten als Parkplatz dient, auf dem noch eine Frittenbude steht und ein Wohnmobil mit rotem Lämpchen im Eingang. Ein Mann kommt heraus, richtet sich die Hose, sieht sich um und riecht - meine absolute Lieblingsreaktion - verstohlen an den Fingern, bevor er eine Currywurst isst. Ein Stück weiter hinten steht das Bürogebäude eines Inkasso-Unternehmens, im Erdgeschoss ist ein Geschäft für Herrenmode in Übergrößen. Das ist alles, was ich sehen kann, mehr weiß ich nicht; die Straße vor dem Haus ist die Grenze, die ich nie übertrete. Ich kann mich nicht daran erinnern, je die Straßenseite gewechselt zu haben. Ich lebe auf einer Insel.

Vor langer Zeit muss dies ein großbürgerliches Wohnviertel gewesen sein, übrig geblieben sind ein paar prachtvolle Stadthäuser inmitten von Brachflächen und Industriegebiet, dazwischen mein hässlicher Nachkriegsbau und ein Aldi. Auf zwei Seiten wird das Viertel von Schnellstraßen begrenzt, auf den anderen von der Bahntrasse zum Hauptbahnhof und einem Industriekanal, der durch ein tiefes Betonbett fließt. Es gibt zwei Möglichkeiten, die Insel zu verlassen: entweder durch den Tunnel unter den Gleisen hindurch oder über die Fußgängerbrücke, die über die Schnellstraße führt. Beide Wege führen in Niemandsland.

Seitdem ich die Insel betreten habe, gab es für mich keine Notwendigkeit, sie wieder zu verlassen. Wenn ich nicht im Haus bin und arbeite, sitze ich davor, trinke Tee und blicke gegen die fensterlose Hauswand auf der anderen Seite. Hin und wieder gehe ich bis zum Terrassenzaun, halte mich daran fest, blicke die Straße entlang und erfreue mich am weiten Horizont.

Vor mir auf den Stufen liegt die Post. Ich fische zwischen den Rechnungen eine Ansichtskarte hervor und betrachte sie; ein nacktes Mädchen rekelt sich am Strand. Der Alte hat wieder geschrieben. Ihm gehört die Kneipe unten im Haus, in der ich mein Geld verdiene, er selbst hat sich seinen Traum erfüllt und lebt in Thailand. Ich bin seine Urlaubsvertretung und überweise ihm den Großteil der Gewinne. Als einziges Lebenszeichen schickt er hin und wieder Postkarten; da er immer nur das gute Wetter erwähnt, erzählen stattdessen vielleicht die Motive von dem, was ihm wirklich etwas bedeutet. Seine Grüße sind an die alten Stammgäste gerichtet. Die Kneipe wird nur von den Ureinwohnern der Insel besucht, es sind nicht viele, aber von zwei Dutzend Alkoholikern kann man überleben, keine Frage. Längst sehnen sie sich nach seiner Rückkehr, denn obwohl ich seit Jahren beflissen meinen Job mache, bin ich hier nicht richtig; ich bemerke das jeden Tag. Die Postkarten schmeiße ich in den Müll.

Als der Alte mich damals zurückließ, stellte er die Bedingung, dass weder die Kneipe noch die Wohnung während seiner Abwesenheit verändert werden darf. Eines Tages will er zurückkehren und alles so vorfinden, wie er es in Erinnerung hat. Ein rührseliger Wunsch. Ich willigte ein, mir waren die Bedingungen egal. Inzwischen ist er viele Jahre fort. Manchmal stelle ich mir vor, dass auch der Alte jeden Tag auf den Stufen gesessen und die Rückwand des Hochhauses angeglotzt hat, bis seine Sehnsucht vom Meer überhand nahm.

Ich lache. Mir kommt der alte Fährmann in den Sinn, der lange vergeblich auf eine Ablösung wartet. Als jedoch ein böser König mit der Fähre übersetzen will, um Gold von der anderen Seite des Flusses zu holen, drückt er ihm im richtigen Moment die Stange in die Hand und macht sich davon. Und der von seiner Gier geblendete König muss zur Strafe für seine Sünden bis ans Ende seiner Tage Fährmann sein. Ich seufze. Vielleicht bin ich ja bloß ein geblendetes Königskind.

deren Tage nicht wiederkehren Wir sitzen auf der Kaimauer oberhalb des Fischmarkts, blicken über den Hafen und kiffen. Die Wellen schlagen ans Ufer, der Fähranleger quietscht. Möwen kreischen. Vor uns liegt der breite Fluss und die Docklandschaft einer großen Werft, dahinter das Lichtermeer des Containerhafens. Alles ist in die helle, eisblaue Dunkelheit einer sich neigenden Sommernacht getaucht.

«Aber wir wollten doch ans Meer?», frage ich und verschränke die Arme vor der Brust. Jurek sieht schnell weg. Karla zieht am Joint und verdreht die Augen. «Bist du blöd?», blafft sie mich an: «Wir fahren nach Hause!» Ich sehe sie flehentlich an, weiß aber genau, dass es wenig Sinn hat. Karla ist eisern. Sie presst die Lippen zusammen und zischt durch die Nase wie ein kleines Monster. Am liebsten würde ich sie von der Mauer stoßen, stattdessen schlage ich mit der Faust gegen die Steine und schramme mir die Fingerknöchel blutig.

Ich schmolle. Ich bin noch nie am Meer gewesen, noch nie. Ich hatte mich darauf gefreut. Und Karla hatte es mir versprochen; sie weiß, wie viel mir das bedeutet. Immer spielt sie ihre Spielchen, und ich bin machtlos, bin ihrer überdrüssig, bin müde. Wieder schlage ich gegen die Mauer und schreie: «Immer machst du alles kaputt!»

Karla beachtet mich nicht mehr. Ich sehe zu Jurek hinüber, aber der Feigling drückt sich vor der eigenen Meinung und baut lieber noch einen; manchmal frage ich mich, warum er überhaupt mein Freund ist. Karla findet, er sei ein Trottel. Ich weiß nicht. «Na ja», sagt er nun kleinlaut, «es ist spät, ich bin müde, wir fahren noch vier Stunden nach Hause, und das Meer ist auch ganz schön weit weg. Außerdem will Karla ...» Ich seufze: «Schon klar.»

Der Joint dreht seine Runden, wir schweigen. Obwohl ich sie immer wieder anstarre, tut Karla so, als ob nichts wäre. «Bitte», versuche ich es noch mal, «lass uns doch fahren.» Sie betrachtet mich ausdruckslos. «Fahr doch», sagt sie ungerührt. Ich fühle mich provoziert, brülle: «Ihr habt es mir versprochen!» Karla reagiert nicht darauf, Jurek äfft mich nach, so übertrieben tuckig. Ich werfe ihm einen tötenden Blick zu und er verstummt. Sie wolle jetzt aber nach Hause, sagt Karla und lächelt scheinheilig. Ich fange an zu heulen, wie lächerlich, aber ich bin einfach wütend und enttäuscht. «Du weißt doch ...», flenne ich rum und schäme mich dafür. Karla winkt ab. Jaja, das wisse sie.

Wutschnaubend klettere ich von der Brüstung, stolpere über die Füße und stoße mit dem Kopf gegen den Sockel eines Denkmals. Die anderen lachen. Ich rapple mich wieder auf, renne hilflos im Kreis, trete gegen den Sockel und brülle.

Karla und Jurek beachten mich nicht, sie haben mich und das Meer längst vergessen. Sie legen sich die Arme um die Schultern, lassen verträumt die Füße baumeln und blicken über den Hafen. Während sie auf die ersten Sonnenstrahlen warten, rauchen sie schweigend den letzten Joint und lächeln.

Ich könnte kotzen. Ihr Anblick macht mich rasend. Sie wollen mich doch nur ärgern und kuscheln absichtlich. Das ist alles Fake, alles Verarsche, aber es funktioniert super: Ich fühle mich ausgeschlossen.

Beleidigt drehe ich mich weg. Zum ersten Mal betrachte ich die Statue: Eine steinerne Frau sitzt auf einem Fels über einer brandenden Welle, umschlingt ihre angezogenen Knie, stützt den Kopf in die Hand und sieht über den Hafen in Richtung Meer. Sie wartet, es kommt mir ebenso sehnsüchtig wie genügsam vor, und ihre Ruhe und Kraft faszinieren mich. Lange Zeit sehe ich zu ihr hoch und beruhige mich wieder, zuletzt lese ich die Inschrift:

> *Der unverfänglichen See, den Schiffen, die nicht mehr sind, und den schlichten Männern, deren Tage nicht wiederkehren.*

Immer wieder lese ich den Satz. Erneut sehe ich zu der Frau hoch und folge ihrem Blick, schlinge die Arme um mich selbst und lehne mich in die Beuge der Welle. Es ist jetzt ganz still, kein einziger Vogel zwitschert. Alles erscheint so klar, so zerbrechlich, so unfassbar schön.

Hinter mir lugt die Sonne über den Dächern hervor. Das erste Licht fällt aufs Wasser, breitet sich schnell aus und überflutet alles, was es erfasst, mit seinem grellen Schein, macht alles andere kaputt, wie tosender Applaus die magisch knisternde Stille. Die Helligkeit blendet mich.

Vor mir auf der Mauer sitzen Karla und Jurek, aber ich kann sie nicht mehr erkennen; sie sind nur noch unscharfe Flecken im gleißenden Morgenlicht und hocken fett und breit zwischen mir und der Erfüllung meiner Träume. Ich begreife: Wir sind die, deren Tage nicht wiederkehren.

keine Freunde Der lange Hardy sitzt am Tisch neben dem Eingang und popelt mit einer Zigarette in der Hand. Er hat noch kein Wort gesagt. Unaufgefordert bringe ich ihm sein Bier und eine Frikadelle, die er gleich mit den Fingern isst. Ich kann seine Augen nicht sehen, der Schein der Tiffanylampe, die tief über dem Eichentisch hängt, erfasst nur den langsam kauenden Kiefer. Schatten zerren seine Mundwinkel nach unten. Während ich warte, streiche ich das Wachstuch glatt und stelle die Streuer für Pfeffer und Salz, außerdem Maggi, Senf und das Döschen einzeln verpackter Zahnstocher schön ordentlich nebeneinander. Nachdem Hardy aufgegessen hat, leckt er sich genüsslich die Finger und reicht mir den Teller, ohne mich anzusehen. «Es hat gemundet», sagt er, wie jeden Tag. Ich verziehe keine Miene.

Meine Gäste sind für mich nicht mehr als die jeweilige Summe aus Stammplatz, Standardspruch und Trinkgewohnheit, sie sitzen jeden Tag zur gleichen Zeit am selben Platz, trinken die gleichen Getränke und erzählen dieselben

Geschichten. Es herrscht eine über Jahrzehnte gewachsene Ordnung. Sie mag banal sein, aber jede Missachtung wird sofort bestraft, durch Geld- oder Liebesentzug, normal halt. Inzwischen mache auch ich die Dinge genau so, wie sie immer schon gemacht wurden, bringe dem guten, alten Hardy jeden gottverdammten Tag unaufgefordert sein Bier und die Frikadelle und warte brav, bis er aufgegessen, sich die Finger geleckt und sein Sprüchlein aufgesagt hat.

Jetzt trinkt er einen Schluck Bier, beugt sich vor und betrachtet das Glas in der Hand, als dächte er darüber nach, ob es nun halb voll oder halb leer ist, nimmt dann einen klärenden Schluck und stellt das Glas mit dem allerletzten Rest neben den Bierdeckel, wodurch er mir mitteilt, dass ich ihm ein neues zapfen soll.

Ich zapfe also ein Bier an und horche auf. Das vertraute Klackern von Pumps ist zu hören, es kommt näher, es klackert immer lauter, dann kommt Uschi herein. Mit graziöser Lässigkeit schlendert sie an die Theke, ihr Blick schweift beiläufig durch die Kneipe, sie checkt die Lage. Das üppige Parfüm legt sich schwer über den Rauch, ihre verzechte Schönheit dominiert den Raum. Nachdem sie sich hingesetzt hat, zündet sie sich eine Zigarette an, haucht mir ein *Hallo Schätzchen* entgegen und bestellt mit abschätzigem Augenaufschlag ein Glas Riesling, lehnt sich zurück, zupft den Minirock zurecht, schlägt in Zeitlupe die sehnigen Beine übereinander und nippt zu guter Letzt am Wein, den ich ihr in vorauseilendem Gehorsam bereits eingeschenkt hatte.

Ich lächle, aber sie beachtet mich nicht. Stattdessen lässt sie ihren Blick erneut durch den Raum schweifen. Er bleibt schließlich an Hardy hängen, der sich davon nicht aus der Ruhe bringen lässt. Er nickt ihr kaum merklich zu, ohne aufzusehen, und schmunzelt: «Meine Liebe.» Als einzige Reaktion zucken kurz ihre Mundwinkel, vermutlich ein missratenes Lächeln. Sie sieht auf ihn hinab und sagt kein Wort.

Ich wundere mich nicht länger über die Umgangsformen der Ureinwohner. Ich habe nur eine leise Ahnung, was sich hier in all den Jahren zugetragen hat, aber mir bleibt nicht verborgen, dass aus den Belanglosigkeiten des alltäglichen Lebens heraus etwas Seltsames gewachsen ist. Alle miteinander sind sie Teil einer Zwangsgemeinschaft, die hier ihren Mittelpunkt hat. Man nennt sich Freunde, gemeinsam einsam sein genügt. Auch ich gehöre zu dieser Gemeinschaft und teile das Schicksal meiner Gäste. Es heißt, man könne sich seine Familie nicht aussuchen, aber mir scheint, für Freunde gilt das gleichermaßen.

Der Anblick des in sich versunkenen Hardy langweilt Uschi, sie wendet sich ab und widmet sich dem Wein. Mit den Ellbogen stützt sie sich auf die Theke und beobachtet mich über den Rand des Glases hinweg. La Femme fatale lechzt nach Aufmerksamkeit. Ihr fordernder Blick schüchtert mich ein, aus Verlegenheit poliere ich Gläser. Sie verdreht die Augen, klackert mit den Fingernägeln gelangweilt, vielleicht auch herausfordernd auf der Theke, klimpert mit den getuschten Wimpern und schweigt erwartungsvoll.

Ich weiß nicht, was ich sagen soll. In meiner Not sehe ich konsequent an ihr vorbei. Ich hasse Small Talk ebenso wie Tiefgründigkeit gegenüber Fremden, beides kommt mir geheuchelt vor, also rede ich gar nicht, was dazu führt, dass mir jeder fremd bleibt.

Irgendwann wird es Uschi zu blöd, sie seufzt. «Darf ich dich mal was fragen?» Ich reagiere nicht darauf, aber das ist ihr egal. «Sag mal, bist du nicht einsam?» Ich halte inne, sehe sie schweigend an. Uschi lächelt, legt den Kopf schräg und fixiert mich, nicht fragend, sondern kokett. Was will sie von mir? Ich versuche ihrem Blick standzuhalten, aber es gelingt mir nicht, ich blicke also zu Boden und zucke mit den Schultern. Ich bin ein Versager. Zu guter Letzt legt sie einen Hauch von Mitleid in ihren Gesichtsausdruck und stöhnt welthaltig, als wisse sie um das ach so schwere Leben: «Ich mache mir Sorgen um dich. Hast du gar keine Freunde?»

Es ist nur ein Spaß, ich weiß, ein Zeitvertreib aus Langeweile. Trotzdem fühle ich mich hilflos ausgeliefert. Ich kann nicht verbergen, dass ich beleidigt bin, worüber sie nur lacht, einfach so lacht, haha, wie über die Dummheiten eines Kindes. Sie zwinkert mir zu und streckt die Hand nach mir aus, die rot lackierten Fingernägel streifen meinen Arm. «Sei doch nicht beleidigt.» Ich betrachte bedröppelt meine Gläser polierenden Hände, und erst nach einer Pause, Uschi sieht mir derweil beim Verstörtsein zu, sage ich so leise, dass sie mich kaum versteht: «Danke. Du musst dir wirklich keine Sorgen machen. Ich bin schon erwachsen.»

Natürlich bin ich einsam, das liegt auf der Hand, darüber muss man nicht reden. Und? Ich verstehe nicht, warum sie das interessiert. Hat sie selbst denn richtige Freunde? Wenn sie Geburtstag feiert, setzen sich alle an einen Tisch und trinken auf ihre Kosten, immerhin.

Freundschaft wird völlig überschätzt. Es geht nur darum, die eigene Dummheit vor sich selbst zu vertuschen, indem man sie mit jemandem teilt und sich dadurch schön normal fühlt. Die meisten Freundschaften zerbrechen dann an profanen Dingen, die wenigen lebenslangen erschöpfen sich in der rituellen Wiederholung des Immergleichen, wie lächerlich eigentlich, und am Ende bleibt einem trotzdem nichts weiter, als die eigene Dummheit in Würde zu ertragen; Einsamkeit ist eine notwendige Konsequenz daraus. Eine Alternative wäre das Abfeiern der eigenen Dummheit, die dumme Dummheit sozusagen. Ja, Freundschaft ist etwas für Leute mit verzerrter Selbstwahrnehmung, letztlich ein billiger Euphemismus für das, was mit dem wunderschönen deutschen Ausdruck *Interessengemeinschaft* hinlänglich benannt ist. Was willst du also von mir, liebe Uschi? Halt einfach dein Maul und trink, ich kann deine Scheiße nicht ertragen.

Da fällt mir wieder ein, dass ich Hardy ein Bier bringen wollte. Während ich schnell eine schlampige Schaumkrone zapfe, werfe ich einen kurzen Blick zu Uschi und lächle geniert, aber sie interessiert sich nicht mehr für mich und liest kichernd SMS. Plötzlich hasse ich sie. Ich widerstehe der Versuchung, ihr das frisch gezapfte Bier ins Gesicht zu schleudern, kann es mir aber nicht verkneifen, im Vorbeigehen ihren Rücken zu streifen, woraufhin sie mir nur einen verständnislosen Blick zuwirft, der mich rasend macht vor Wut. Am liebsten würde ich weinen.

False-Memory-Syndrom Sie ist mir ganz nah, ihre spröden Lippen sind direkt vor meinen Augen, ihr Atem bläst mir ins Gesicht. Karla sieht mich an, ruhig und sehr ernst. «Erzähl mir von deiner Mutter», sagt sie. «Ich weiß nichts über meine Mutter», antworte ich. Sie sieht skeptisch aus, und ich erkläre ihr, ich sei noch klein gewesen, als ich sie das letzte Mal gesehen habe. «Ist sie tot?» Ich lache. «Nein. Ich habe gehört, sie lebt nackt in einer Höhle auf La Gomera.» Karla lacht nicht mit; sie ist fassungslos. Ich müsse doch eine Erinnerung an meine Mutter haben.

Sie hat recht. Ich besitze eine Erinnerung an meine Mutter, eine einzige. Sie ist alles, was ich von ihr habe. Noch nie habe ich sie jemandem erzählt, sie ist mir auch peinlich, darum zögere ich. Karla spürt, dass ich ihr etwas vorenthalte, und senkt den Blick. Ich habe das Gefühl, als kränke ich sie durch mein mangelndes Vertrauen. «Na ja ...» Es spricht nichts dagegen, ihr die Erinnerung zu erzählen. Ich vertraue ihr. Karla hebt wieder den Blick, ohne mich jedoch anzusehen.

«Ich war vielleicht zwei oder drei», erzähle ich also, «und ich war im Flur, ich erinnere mich noch an die Tapete und an das Licht, das durch die Dachluke fiel.» Ausdruckslos starre ich auf Karlas aufgesprungene Lippen und kaue gedankenversunken auf der Kapuzenschnur. «Ich war allein und spielte mit einer Puppe.» Kurz halte ich inne und seufze. «Mit einer Puppe», wiederholt Karla, als sei es von Bedeutung. Ich lächle verlegen. «Ja. Dann ist meine Mutter gekommen. Du bist doch kein Mädchen, hat sie gesagt und mir die Puppe weggerissen; dann ließ sie mich weinend im Flur zurück.» Ich schlucke hörbar. «Ihren Blick werde ich nie vergessen!»

Wir schweigen. Nachdem ich die Erinnerung das erste Mal ausgesprochen habe, kommt sie mir albern vor. «Und ich dachte», meint Karla in vollem Ernst, «deine Mutter sei ein Hippie.» Ich zucke mit den Schultern, wir rauchen schweigend. Ich beobachte die Bewegungen ihres knittrigen Mundes, wenn sie den Rauch nach unten bläst. «Irgendwie schrecklich», sagt sie, während sie die Zigarette ausdrückt, und ich nicke eifrig. «Ich weiß gar nicht, was schlimmer ist», sage ich, «gar keine Erinnerung zu haben oder bloß eine schlechte.»

Karla nimmt mich in den Arm und hält mich einfach fest. Ich spüre ihren Atem im Nacken und bekomme eine Gänsehaut. «Das Schlimmste ist die Ungewissheit», murmle ich in der Mulde ihres Schlüsselbeins, und weil sie das nicht versteht, sage ich: «Warum sie mich verlassen hat und so.» Karla nickt. «Ach so», meint sie, «ich dachte schon.»

Verwundert löse ich mich aus der Umarmung und sehe sie fragend an: «Was?» Karla sucht nach den richtigen Worten. «Hast du mal etwas vom False-Memory-Syndrom gehört?», fragt sie schließlich. Ich schüttle den Kopf: «Nein, wieso?» Sie sieht mir fest in die Augen. «Es besagt, dass wir oft glauben, Erinnerungen seien real, obwohl wir sie uns zusammengedichtet haben», erklärt sie mir. «Wir sehen es noch vor Augen, es fühlt sich total real an, und darum glauben wir, es auch wirklich erlebt zu haben. Stattdessen verknüpfen wir alles Mögliche zu einer Erinnerung, auch Erlebnisse, von denen wir nur gehört haben. Wir verändern Zusammenhänge, fügen Personen hinzu oder blenden sie aus, und mischen andere Bilder dazu, aus Fotoalben oder aus dem Fernsehen.»

Ich sehe Karla erstaunt an, dieser Gedanke überrumpelt mich: «Du meinst ...?» Sie lächelt, ihre rissigen Mundwinkel spannen jetzt wie Pergamentpapier. «Du warst drei Jahre alt», gibt sie zu bedenken, «eher unwahrscheinlich, dass du dich noch an den Lichteinfall im Flur oder an die Tapete erinnern kannst.» Schon möglich. Dann habe ich mir das also nur ...? Wie Schuppen fällt es mir von den Augen: «Aber ...» Karla lächelt gütig: «Das ist ganz normal.»

Ich bin perplex, konsterniert; eine schlechte Erinnerung ist vermutlich doch besser als gar keine. «Verrückt, oder?», plappert Karla. «Man kann nicht einmal sich selbst vertrauen.» Sie lacht, es kommt ihr absurd vor, eben nur wie ein Gedankenspiel; ihr Mund verzieht sich kurz zur Fratze. Alles in mir sträubt sich dagegen, doch ich kann mich ihren Gedanken nicht entziehen: Was, wenn das wahr wäre? Und was könnte sonst noch alles Einbildung sein? Ich schlucke.

Exit Aus dem Augenwinkel sehe ich ein rotes Auto, das vor der Terrasse auf dem Bürgersteig parkt. Ich bleibe mitten im Raum stehen, immer noch mit dem Bier in der Hand, und sehe mich um; weder Hardy noch Uschi nehmen es zur Kenntnis. Ich blicke wieder zum Fenster hinaus, beobachte den Wagen und erkenne jetzt Werner, der hinter dem Steuer sitzt und wild gestikuliert. Was macht er da bloß? Er sieht zur Kneipe hinüber, macht hektische Handbewegungen und brüllt. Ich verstehe kein Wort. Erneut sehe ich mich fragend um. Meint Werner mich? Was will er von mir?

Plötzlich wird mir ganz anders. Ich löse mich aus der Apathie, gehe zur Tür und stelle Hardy, bevor ich hinausgehe, noch das Bier auf den Tisch, auf das er so lange hat warten müssen. Er greift nach meiner Hand und hält sie fest. Zum ersten Mal sieht er mir in die Augen, ernst schaut er aus, aber ich sehe ihn im Geiste schmunzeln. Ich nicke ihm zu, befreie mich aus der Umklammerung, nehme reflexartig das leere Bierglas vom Tisch und verlasse den Raum.

Vor der Tür blendet mich das diffuse Licht, das in die Häuserschlucht fällt. Ich bleibe auf den Stufen stehen und halte mir die Hände vor die Augen. Der Wind pfeift zwischen den Häusern, schlägt mir ins Gesicht, die Markise schlackert aufgeregt hin und her. Allmählich gewöhnen sich meine Augen an die Helligkeit, ich kann wieder den roten Wagen erkennen, den einzigen Farbtupfer im grell leuchtenden Grau. Ich höre Werner jetzt schreien, verstehe ihn aber nicht, das Rauschen ist zu laut. Langsam steige ich die Stufen hinab und gehe auf ihn zu. Am Zaun bleibe ich stehen und halte mich fest, wobei mir das Bierglas zerbricht. Ich sehe, dass Werner zu schreien aufgehört hat und mich anstarrt; ich bin nicht sicher, ob erwartungsvoll oder verständnislos.

Ich muss schmunzeln. Völlig unerwartet bietet sich mir jetzt die Möglichkeit, die Insel zu verlassen. Es gibt eine Fähre, die mich durch das Niemandsland trägt. Ich lache laut und ausgelassen, denn heute ist mein Glückstag.

Werner startet den Motor, und ich bekomme Angst, das Zeitfenster könne sich schließen und die Fähre jeden Augenblick ohne mich wegfahren. Ich nehme all meinen Mut zusammen, öffne das Tor, haste die wenigen Schritte zum

Auto, reiße die Tür auf und schmeiße mich auf den Beifahrersitz. Werner starrt mich überrascht an, sagt aber kein Wort. Ich starre fragend zurück. Es dauert einen Augenblick, bis er zu meiner Erleichterung endlich nickt und sich kommentarlos in den Verkehr einfädelt.

so-sein Wir rasen durch die Stadt. Es regnet in Strömen. In den Regentropfen, die der Wind gegen die Frontscheibe fegt, bricht sich tausendfach das Licht der Großstadt. Auf der Rückbank sitzt Jurek, streckt den Kopf nach vorne zwischen die Sitze und raucht. Karla sitzt am Steuer, sie fährt blind. Wir sehen fast nichts, nur vorbeirauschende Leuchtpunkte im Nichts, Farben und Schatten. Karla ist das egal, mir auch. Wir gleiten durch das Lichtermeer, frei und losgelöst, es reißt uns mit in Untiefen, wo alles nur noch ein schlechter Scherz ist, bloß Nonsens, über den zu lachen näher liegt, als restlos zu verzagen. Und wir fahren weiter, immer weiter, gemeinsam und furchtlos.

Ich drehe mich zu meinen Freunden, sehe sie schlicht an. Regungslos sitze ich da, nur meine Augen strahlen vor Glück. Noch nie habe ich so empfunden wie jetzt. Karla und Jurek erwidern den Blick erwartungsvoll, verschämt senke ich die Augen und bekomme eine Gänsehaut. Ich will etwas sagen, weiß aber nicht, wie ich es in Worte fassen soll. Es ist plötzlich da, einfach so, einfach ein So-Sein, schlicht und bedingungslos. Ich lächle verlegen, eine Träne läuft mir über die Wange. «Ich liebe euch», möchte ich sagen und schweige.

*_letztes Bild_* Das kleine Auto ist zugemüllt. Zeitungen, Essensreste und leere Gummibärchentüten liegen herum, verschimmelte Kaffeebecher klemmen zwischen den Sitzen. Auf der Rückbank liegt, neben alten Zeitungen und dicken Wälzern, ein ausgebleichter roter Wimpel der SPD. Es stinkt, die abgewetzten Garnituren schwitzen den kalten Geruch unzähliger Zigaretten aus.

Seitdem wir losgefahren sind, wirft Werner mir skeptische Blicke zu, die ich nicht einordnen kann. Es ist mir unangenehm, darum weiche ich ihnen aus und drehe verlegen die zerbrochene Tulpe in der Hand. Irgendwann räuspert er sich: «Kannst du vielleicht das Ding weglegen?» Er legt die Denkerstirn in Falten, drückt die Augenbrauen zusammen und wirft mir über seine Nickelbrille hinweg einen griesgrämigen Blick zu, schiebt die Brille dann energisch die Säufernase hoch und kräuselt den Schnauzbart. Er sieht wie ein alter Luftballon aus, dem allmählich die Luft ausgeht.

War ja klar, dass Werner keinen Spaß versteht, er ist alte Schule und hat nicht viel zu lachen, der Griesgram ist habituelle Notwendigkeit, heute mehr denn je. Schmunzelnd sehe ich mich um, und weil mir nichts Besseres einfällt, schmeiße ich das Glas einfach aus dem Fenster; ein Auto hinter uns hupt. Diesmal sieht Werner mich väterlich strafend an. Ich seufze. Die Stimmung bleibt angespannt, wir schweigen.

Hinterm Ohr zieht er eine Zigarette hervor. Er raucht filterlose Selbstgedrehte, die auf den Fingern dunkle Nikotinflecken hinterlassen haben. Nach dem ersten Zug hustet er trocken, der Kehlkopf schluckt mühsam über dem engen

Saum des Rollkragenpullovers. Er schwitzt, sein dünnes Haar klebt an den Schläfen. Mir fällt auf, dass er dreckige Ohren hat, auf denen lange Haare wachsen; ich muss mir wieder das Lachen verkneifen. Eitel ist er also nicht, natürlich nicht, trotz seines Intellekts ist er der kleine Mann aus dem Volk. Das ist ihm wichtig, das Arbeiterkind in ihm ist stolz. Dreckige Ohren sind quasi politisch und Ästhetik nur das Blendwerk der Bourgeoisie, zumindest gefühlt.

Fahrig raucht er die Zigarette. Mit dem Arm wischt er sich Schweiß von der Stirn, Asche fällt aufs Hosenbein. Ich beobachte ihn heimlich aus den Augenwinkeln, irgendwie auch fasziniert, immerhin ist er ein Relikt vergangener Zeiten. Ich würde ihn am liebsten fotografieren, um mich später an den alten Muff zu erinnern. «Und?», fragt er aus heiterem Himmel, ohne den Blick von der Straße zu wenden. «Wo willst du hin?» Keine Ahnung. Bis vor ein paar Minuten hätte ich nicht damit gerechnet, die Insel zu verlassen; ich war doch zufrieden. Wo will ich hin? «Ans Meer», antworte ich intuitiv, lasse es mir schnell durch den Kopf gehen und finde es eine gute Idee, schön klassisch. Werner zieht nur die Augenbrauen hoch. Er bringe mich erst mal zum Hauptbahnhof. Es ist keine Frage, also antworte ich nicht.

Demonstrativ blicke ich aus dem Fenster. Ich bin in eine Situation geraten, in der ich mich genötigt fühle, ein Gespräch zu führen, weiß aber nicht, wie man das anstellt. Darum versuche ich, jeden Anlass für eine Unterhaltung zu vermeiden, und täusche Müdigkeit vor. Während ich die Augen zwanghaft geschlossen halte und die Häuser als Schatten hinter den Lidern vorbeihuschen, finde ich mich albern. Ich muss an Uschi denken und fühle mich wieder klein und lächerlich, wurstig irgendwie. Ich hasse dieses Gefühl. Warum kann ich mich nicht einfach normal verhalten? Ich weiß doch, wie das geht, ich habe es doch oft im Fernsehen gesehen.

«Menschenskind, sei nicht so verklemmt!» Ich öffne die Augen und gucke Werner erschrocken an. Wieso verklemmt? Er sieht empört aus, es kommt mir aber spöttisch vor. Ich fühle mich ertappt und senke wieder den Blick. Das Herz klopft so laut, dass er es bestimmt hören kann. Fuck. Ich druckse rum, klammere mich am Sitz fest und rechtfertige mich kleinlaut, ich sei bloß in Gedanken versunken, aber er winkt ab und schüttelt ungläubig den Kopf. «Ist immer das Gleiche mit dir», murrt er. «Glaubst wohl, was Besseres zu sein.» Er dreht sich eine weitere Zigarette, zündet sie an und bläst mir den Rauch ins Gesicht. «Worüber denkst du denn nach?», fragt er dann. Ich zucke mit den Schultern. «Ach nix.» Er stöhnt genervt. «Ach so», sagt er ironisch. Ich verdrehe die Augen und stöhne auch. «Meine Güte, über Uschi.» Er sieht mich überrascht an und lacht schäbig. Was es denn über diese Schlampe so viel nachzudenken gäbe? Im ersten Moment bin ich perplex, doch er hat recht, ich lache also mit.

richtig geiler Ficker Werner hält am Straßenrand, und ich befürchte, dass er mich rausschmeißt, stattdessen steht seine dicke Frau Sabine am Bürgersteig und winkt mit Tüten in der Hand. Ich verstehe nicht, warum sie nicht die Hand ohne Tüten benutzt. Als sie mich sieht, macht sie keinen besonders glücklichen Eindruck. Für einen Augenblick steht sie konsterniert vor dem Auto, bevor sie sich grußlos auf die Rückbank setzt. Sie schiebt sich ächzend in die Mitte, lehnt sich vor, nötigt Werner zu einem Kuss und legt die Arme auf den Vordersitzen ab. Ich spüre die Körperwärme und rücke ein Stück weg. «Was macht der denn hier?», fragt sie ihn barsch und deutet mit dem Kinn in meine Richtung. «Wir bringen ihn zum Hauptbahnhof», antwortet Werner lapidar und fährt los. Sabine wirkt genervt, sagt aber nichts mehr. Werner wirft einen abschätzenden Blick in den Rückspiegel. Das habe er mir versprochen, rechtfertigt er sich. Sie starrt ihn eindringlich an. «Du hast doch nicht vergessen, dass wir ...» Schnell schüttelt er den Kopf. Sie verstummt grinsend, ihr Lächeln kommt mir lüstern vor. Werner plötzlich auch.

Ich habe das Gefühl, mich Sabine gegenüber erklären zu müssen. «Ich fahre nämlich ans Meer», sage ich also. Sie dreht sich zu mir um und verzieht, ohne mich anzusehen, ihre Mundwinkel kurz zu einer Grimasse, wendet sich wieder ab und erzählt Werner ungefragt von ihrem bisherigen Tag. Ich heuchle Interesse, nachdem sie jedoch lang und breit ihr Frühstück beschrieben hat, höre ich nicht weiter zu, ihre Stimme plätschert nur noch im Hintergrund dahin. Selbst Werner hört ihr nicht zu. Wenn sie merklich lauter spricht, guckt er kurz in den Rückspiegel, lächelt etwas gequält und tätschelt ihr Knie, sieht dann zu mir hinüber und zwinkert mit dem linken Auge, das kann sie nicht sehen.

Ich verstehe gut, dass Werner sich für sie schämt. Sabine ist nicht nur plump und hässlich, sie ist ihm sicher auch an Belesenheit und Weltgewandtheit bei Weitem unterlegen. Sie hat nicht mit Bierernst das gesammelte Werk von Günter Grass gelesen und bei anrüchigen Passagen einen Steifen bekommen, natürlich nicht. Sie kann auch nicht Brecht zitieren. Und dass er in schwere Gedanken verfällt, wenn sie zu viel redet, das stört sie nicht, das fällt ihr gar nicht auf, sie blubbert einfach weiter. Im Herzen ein kleiner Chauvinist, im Kopf jedoch gehemmt, ist Werners Griesgram das letzte Merkmal seiner Männlichkeit.

Sabine verstummt plötzlich und unterbricht meine Gedanken, sie wirft Werner einen vorwurfsvollen Blick zu: «Hast du getrunken?» Werner zuckt kurz zusammen und verneint. Sie glaubt ihm kein Wort, nimmt an der nächsten roten Ampel sein Kinn zwischen die speckigen Finger und zerrt es ruppig zu sich. «Na komm schon!» Er verdreht die Augen, haucht sie an und schüttelt dann ihre Hand ab. «Zufrieden?» Nein, sie ist nicht zufrieden. Wo er mich denn getroffen habe, will sie wissen. «Vorm Strandgut natürlich», sagt er schnippisch. Sie lehnt sich zurück und verschränkt die Arme: «Also doch.» Er stöhnt hilflos, es klingt fast kindisch. «Ich stand mit dem Wagen vor der Terrasse», verteidigt er sich, «da kam er plötzlich angelaufen.» Sabine nickt: «Schon klar.» Ich will ihm zustimmen, komme aber nicht dazu. «Verdammt», blafft er sie plötzlich an, «ich bin kurz rangefahren, um zu telefonieren.» Endlich hält sie ihren Mund.

Die Situation ist Werner unangenehm, kein Wunder, mir auch. Es ist beschämend, wenn andere Leute ihre Streitigkeiten öffentlich austragen. Und während er im Handschuhfach nach einer Kassette sucht, um von seiner Wurstigkeit abzulenken, nehme ich mir daraus eine Broschüre, um darin zu blättern. Er widersteht merklich dem Reflex, schnell noch die Klappe zu schließen, Sabine hält die Luft an. Ich checke plötzlich, dass es sich um ein Magazin für private Sexinserate handelt. *Happy Weekend,* alles klar. Alle schweigen betreten.

Auf der bereits aufgeschlagenen Seite ist ein Inserat markiert, auf dem Foto steckt ein rasierter Schwanz in einer Muschi. Trotz Unschärfe ist im Hintergrund Werners Gesicht zu erkennen, der Schnäuzer verrät ihn. Ich kann den Blick nicht abwenden und bin fassungslos: Werner ist rasiert! Er sieht mich ausdruckslos an und weiß nicht, was er sagen soll. Sabine findet schnell die Sprache wieder, sie versucht die Situation zu retten. «Die Mumu bin nicht ich», sagt sie und kichert albern, gewollt kokett, wirft ihrem Mann einen bewundernden Blick zu, knufft ihm in die Wange und macht eine sexy Entenschnute. «Werner ist ein richtig geiler Ficker», säuselt sie liebevoll, als rede sie über ihren Hund. Ich hebe eine Augenbraue. Aha.

Werner grinst jetzt über beide Ohren. Es gefallt ihm natürlich, ein geiler Ficker zu sein. Ich meine, wem nicht. Er sieht mich an, als erwarte er von mir, dass ich ihm dazu gratuliere. Da ich nicht reagiere, nimmt er mir das Heft aus der Hand und legt es zurück, schiebt gut gelaunt eine Kassette in den Rekorder und dreht die Lautstärke voll auf. Das Band knistert. Er sieht mir fest in die Augen und lässt dem Stolz über die eigene Potenz freien Lauf. Plötzlich hämmern Bassakkorde auf einem Klavier, auf denen noch eine Mundharmonika slidet. «Eine Frau ist nicht genug für mich», ruft er mir zu und zwinkert mit beiden Augen gleichzeitig. Ich bekomme eine Gänsehaut.

Playing a part in a picture-show
Cos you're the joke of the neighborhood
Why should you care if you're feeling good

Werner dreht sich wieder eine Zigarette, die Ellbogen aufs Lenkrad gestemmt, um das Auto unter Kontrolle zu halten. Es gelingt ihm aber nicht, sie anzuzünden, weil er mit dem Kopf im Rhythmus der Musik wippt. Sabine klatscht.

But there are times that you feel
you're part of the scenery

Ich muss lachen. Als Werner das sieht, wird er übermütig, trommelt aufs Lenkrad und jault das Klarinettensolo mit. Sabine schwenkt nun die Arme überm Kopf, so gut es eben geht, kein Scheiß, ich bin völlig perplex. «Ich liebe Supertramp», brüllt Werner jetzt, weil die Musik so laut ist, «die Mucke geht ganz schön nach vorne, auch beim Bumsen!»

Schön für ihn, dass er die Früchte der sexuellen Revolution genießt, wenigstens bumsen kann er jetzt befreit, er hat ja sonst nicht viel zu lachen. Es floriert die geile Geilheit, es schillert die persönlich gehegte Perversion im grellen Licht kleinbürgerlicher Geschmacklosigkeit. Manch einer wird sich das vor vierzig Jahren zwar anders vorgestellt haben, irgendwie kultivierter, zumindest liebevoller, aber das muss ein Missverständnis gewesen sein. Befreiung ist nicht schön. Vielleicht sind Sexgeschichten von Henry Miller tiefsinnig, vielleicht hat Sex auch etwas mit Selbstfindung zu tun, vielleicht ist sogar ein Arschfick in einem amerikanischen Hochglanzporno ästhetisch, aber die Realität sieht irgendwie anders aus. Ein fickender Werner ist vermutlich weder tiefsinnig noch ästhetisch, ja nicht einmal geil.

Nach dem Song fällt die Situation mit einem Schlag in sich zusammen. Sabine sackt nach hinten und knibbelt an den Fingernägeln, Werner raucht mürrisch und schweigt. Nur die Musik ist laut und nervt. Ich schiebe beiläufig den Müll mit den Füßen hin und her und bilde mir ein, durch meine Gedanken alles kaputt gemacht zu haben. Kann das sein? Auch egal, ich war eh an keiner Fortsetzung des Gesprächs interessiert. Ich wüsste gar nicht, was das bringen sollte, außer der Bestätigung dessen, was ich eh befürchtet hatte. Menschen sind so berechenbar, ein Jammer ist das, fast ein bisschen schade. Verwundert sehe ich mich um. Und was macht eigentlich Sabine, während Werner eine andere fickt? Krault sie ihm dann anerkennend die Ohrenhaare? Ich lächle. Ich glaube, gar nichts wurde wegrevolutioniert.

schamlos Ich bin geil, direkt nach dem Aufwachen bin ich immer geil. Leider kann ich nicht wichsen, es blieben nur ein paar Minuten, das ist zu knapp. Ich seufze. Das Problem ist nicht Jurek, der neben mir unter meiner Decke liegt und liebend gern mit mir wichsen würde, nein, das Problem ist ein anderes.

Jurek dreht sich um und lächelt, kommt mir so nah, dass unsere Nasenspitzen sich berühren. Ich rieche seinen schlechten Atem und die muffigen Hände, die unter seinem Kopf liegen. Sein dicker Bauch drückt mich an die Wand, ich spüre seine Morgenlatte. Ich stoße ihn weg. Seine Nähe ist mir unangenehm, der selige Gesichtsausdruck zuwider; ich will nur wichsen. Er fällt beinahe vom Bett, wirft mir einen verstörten Blick zu, dreht sich um und schmollt. Ich wollte nicht grob sein, lege beschwichtigend die Hand auf seine Schulter. «Tut mir leid.»

Es ist etwas Besonderes, dass Jurek bei mir übernachtet, ein nur mühsam errungener Triumph. Achim hat lieber seine Ruhe. Fremde Kinder machen Dreck. Außerdem findet er es unerträglich, nicht zu wissen, was hinter den Kinderzimmertüren geschieht, er hat nämlich eine rege Fantasie, das kann ich aus Erfahrung sagen. Dabei hat Achim nicht nur keine Ahnung, sondern ist auch noch total verklemmt, und das Problem besteht nicht darin, dass es so ist, sondern dass er es partout nicht einsehen will.

Jakob steht in der Tür, wie jeden Morgen um kurz vor sieben. Sofort nehme ich die Hand von Jureks Schultern. «Kannst du nicht anklopfen?», maule ich ihn an. Er kommt wortlos herein, wirft mir einen verständnislosen Blick zu, schließt die Tür und dichtet die Ritze mit einem Laken ab, das hierfür immer auf dem Boden liegt. Er öffnet das Fenster, nimmt die Tupperdose mit der fertigen Mische, holt die Glasbong aus dem Versteck, stopft routiniert das erste Köpfchen und zieht es durch. Das Feuerzeug klackert, es knistert, das Wasser blubbert, und der Rauch steigt langsam im Glasrohr hoch. Er zieht ihn schnell ein, hält die

Luft an, bläst den Rauch dann aus dem Fenster und stöhnt auf.

Es ist ein allmorgendliches Ritual, dass Jakob zum Kiffen in mein Zimmer kommt; er selbst hat das Durchgangszimmer, wo Achim alles riechen kann. Heimlichtuerei ist unser Alltag, wir sind gut darin. Während er das zweite Köpfchen stopft, sieht er zu uns hinüber und grinst: «Seid ihr pervers oder was?» Er zieht kraftstrotzend die Nase hoch und rotzt ein Klümpchen aus dem Fenster, ekelhaft. Ich verdrehe die Augen: «Halt einfach die Fresse!» Er zuckt nur mit den Schultern, raucht, hustet dann trocken, verstaut sorgfältig die Bong und schließt wieder das Fenster. Jurek wirft mir einen fragenden Blick zu, ich schäme mich für meinen großen Bruder. Als Jakob das Zimmer verlässt, macht er überraschend einen Schritt zum Bett und zieht uns die Decke weg. Er hat das hämische Grinsen schon in der Fresse und stellt dann enttäuscht fest, dass wir Boxershorts tragen. Idiot.

Zusammen mit Jurek gehe ich ins Bad. Während wir zähneputzend vor dem Spiegel stehen, betrachten wir gegenseitig unsere ausgebeulten Hosen und wechseln eindeutige Blicke. Als ich mich zum ersten Mal im Leben fast dazu durchgerungen hätte, die Badezimmertür abzuschließen, kommt mein kleiner Bruder Lukas herein, stellt sich neben Jurek vors Klo und pinkelt. Ich schreie: «Verpiss dich!» Ich schäme mich, obwohl es völlig normal bei uns ist, dass alle gleichzeitig das Bad benutzen, auch zum Kacken. In einer Familie schämt man sich nicht. Unverhohlen starrt Jurek nun auf den großen Schwanz meines kleinen Bruders, Zahnpastaschaum tropft auf sein T-Shirt, wie peinlich. Lukas glotzt zurück, schüttelt in provozierender Seelenruhe die letzten Tropfen ab und grinst; bevor er das Bad verlässt, zeigt er uns seinen Arsch und furzt mit dem Mund.

Ich höre ihn meckern, und es dauert nicht lange, bis Achim ins Bad kommt, war klar. Er trägt noch einen Bademantel, hält seinen Kater Rudi auf dem Arm und krault ihn hinter den Ohren. Ich finde es lächerlich, wie er sich ganz locker an den Türrahmen lehnt. «Bei uns muss sich niemand schämen», sagt er beiläufig an den Kater gerichtet. Rudi schnurrt. Ich verdrehe die Augen. Jurek wirft mir über den Spiegel einen amüsierten Blick zu, dann lächelt er gut erzogen. «Das ist 'ne feine Sache», pflichtet er meinem Vater bei, der daraufhin zufrieden nickt. «Ja, das ist uns wichtig!»

Achim wirft mir über den Rand der Brille hinweg einen strengen Blick zu: «Wo ist also dein Problem?», fragt er schrecklich pädagogisch. Er lässt seinen Blick auf mir ruhen, wirft empört das lange, fisselige Haar zurück und zieht eine Augenbraue hoch: «Schämst du dich etwa für uns?» Ich höre die Enttäuschung, ignoriere sie aber, sehe wie versteinert in den Spiegel und drückte mir blutig einen Pickel aus. Jurek muss sich merklich das Lachen verkneifen, was es auch nicht besser macht. Zärtlich stupst Achim Rudi mit der Nasenspitze an, blickt dann sinnierend ins Leere, fummelt fahrig am Taizé-Kreuz um seinen Hals, zuckt mit den Schultern und lächelt debil. «Frühstück ist fertig», sagt er noch und geht.

Kurz darauf sitzen wir am Küchentisch und trinken Früchtetee. Auf dem Tisch stehen Trockenblumen und H-Milch. Eine Kerze brennt. Vor jedem steht eine Schale mit

Müsli, daneben liegt ein Apfel; meiner ist zur Hälfte rot und grün. Herzhaft beiße ich in die rote Hälfte, aber nichts geschieht, schade. Jeder isst nur schweigend sein Müsli.

Achim steht an der Spüle und reinigt den Fressnapf. Rudi schleicht um seine Füße herum. «Wir frühstücken jeden Morgen zusammen», erzählt er Jurek, während er sorgfältig das Katzenfutter in kleine Stücke schneidet und hübsch anrichtet; es fehlt nur noch Petersilie. Schließlich stellt er den Napf auf den Boden und sieht dem Kater glücklich beim Fressen zu. «Rituale sind bei uns sehr wichtig», sagt er, ohne den Blick zu heben. «Klar», entgegnet Jurek, «bei uns auch.» Wieder nickt Achim zufrieden: «Na siehst du.»

Wir essen, schweigen betreten. Ich traue mich gar nicht aufzusehen. Was Jurek wohl denkt? Mir ist die Situation unangenehm, aber ich bin froh, dass Achim jetzt immerhin den Mund hält. Er spricht nur hin und wieder mit dem Kater, ansonsten blättert er beiläufig in der *taz*. Jakob und Lukas schweigen auch, der Besuch macht sie offenbar verlegen, komisch. Sonst frotzeln sie nur rum und streiten, ganz in Achims Sinne. Er ist sehr stolz auf die Diskussionskultur, die er bei uns etabliert hat; Gewalt ist schließlich keine Lösung. Wenn die Argumente gepfeffert durch den Raum fliegen, steht er zufrieden an die Anrichte gelehnt und hat das gute Gefühl, uns zu kritischen, reflektierten und eigenständigen Menschen erzogen zu haben. Achim ist ein Idealist.

Nach dem Frühstück müssen alle los. Ich lüge, wir hätten die erste Stunde frei, Jurek schmunzelt wissend. Bevor die anderen gehen, kommen sie im Flur zusammen. Ich zögere. Mir ist das peinlich, auch das noch. Sie rufen nach mir. Hilflos sehe ich zu Jurek, aber es bleibt mir nichts anderes übrig, darum gehe ich zu meinen Brüdern. Achim wartet schon. Dann schreitet er an uns vorbei, bleibt bei jedem kurz stehen, bekreuzigt ihn und murmelt: «Gott beschütze dich.» Dann gibt er uns einen Kuss auf die Stirn, ein paar Münzen in die Hand und noch einen Klaps auf den Po. Heute bleibt er länger vor mir stehen und schweigt. Ich halte die Hände vor den Schritt, starre auf seine peinlichen Entenschuhe und spüre seinen Blick.

Endlich verlassen alle das Haus. Zurück in der Küche, sieht Jurek mich komisch an, sagt aber kein Wort; es ist wie ein Tritt vors Schienbein. Ich lache dämlich.

Wir gehen durch den Flur und bleiben vor Achims Schlafzimmer stehen. Aus reiner Vorfreude bekomme ich einen Steifen. Vor der Tür sehe ich mich noch mal um, obwohl wir längst alleine sind, dann erst gehen wir hinein.

Der Raum ist klein, bescheiden wie eine Klosterzelle. Die einzigen Möbel sind ein Bett und eine alte Kommode. Über dem Bett hängt ein schlichtes Kreuz, über der Kommode Picassos *Kind mit Taube*. In der Ecke steht noch ein Betschemel. Auf einer Holzkiste vor dem Bett steht ein kleiner Fernseher, daneben ein Videorekorder. Ich hole einen Schlüssel hinterm Bettpfosten hervor, hebe vorsichtig den Fernseher von der Kiste, rücke sie ein Stück von der Wand und schließe auf der Rückseite ein Vorhängeschloss auf. Unter Jureks wachsendem Interesse öffne ich die Kiste, nehme einige Videos heraus und drücke sie ihm grinsend in die Hand. Es sind Pornofilme.

Wir sitzen auf dem Bett und betrachten die Hüllen. Jurek

ist beeindruckt. «Krass», sagt er, nachdem er sich in Ruhe alles angesehen hat, «ist dir aufgefallen, dass dein Vater nur Filme mit geilen Bi-Teens hat?» Ich nicke. Jurek scheint verunsichert. «Ist dein Vater bi?», fragt er mich vorsichtig, woraufhin ich auflache, irgendwie so fatalistisch, ich weiß auch nicht, wieso. «Ist mein Vater pädophil?», frage ich trocken. Jurek starrt mich schockiert an. Das sei doch nur ein Witz gewesen, wiegle ich ab.

Wir wichsen, endlich. Ich achte nicht auf den Porno, sondern geile mich an Jurek auf. Der macht es sich so zaghaft, fast schüchtern. Ich schlage Jurek vor, dass wir uns gegenseitig einen runterholen, nehme einfach seinen Schwanz und wichse drauflos; Jurek ist perplex, zögert kurz, dann greift auch er zu. Ich bin überrascht, dass sich sein Penis ganz anders anfühlt als meiner, weich und elastisch. Nach ein paar Bewegungen zuckt er plötzlich und spritzt ab, na ja, vielmehr läuft sein Sperma klumpig über meine Hand, eklig, wie kläglich. Er schämt sich. «Das ging aber schnell», lache ich ihn aus und wichse einfach weiter, damit er bloß nicht bei mir aufhört. Ich erkläre ihm, wie er es besser machen kann, obwohl ich sehe, dass er keine Lust mehr hat. Egal, er sagt ja nichts und wichst. Aber wie er es auch macht, ich spritze nicht ab. Scheiße. Jurek kommt gleich ein zweites Mal.

Ich lasse mich frustriert aufs Bett fallen und schreie. Jurek hält inne und sieht erschrocken auf. Ich blaffe ihn an, er solle gefälligst weitermachen. Er spuckt sich in die Hände und wichst mich verzweifelt, von unten ficke ich dagegen. Nichts. Verbissen drücke ich das Gesicht ins Kissen und rieche meinen Vater, höre das laute, rhythmische Stöhnen vom Porno, presse stoßartig die Backen zusammen, ficke immer schneller, kraftvoller, aber so fest ich auch presse, so hart ich auch ficke, es will nicht funktionieren.

Nachtrag Sabine lacht, als ich am Hauptbahnhof aus dem Wagen steige. Nachdem sie sich nach vorne gesetzt hat, kurbelt sie das Beifahrerfenster runter und beweist mir zum Abschied, dass sie, wenn schon nicht Brecht, so zumindest Ringelnatz zitieren kann:

Ich bin fast
Gestorben vor Schreck:
In dem Haus, wo ich zu Gast
War, im Versteck,
Bewegte sich,
Regte sich
Plötzlich hinter einem Brett
In einem Kasten neben dem Klosett,
Ohne Beinchen,
Stumm, fremd und nett
Ein Meerschweinchen.
Sah mich bange an,
Sah mich lange an,
Sann wohl hin und sann her,
Wagte sich
Dann heran
Und fragte mich:
«Wo ist das Meer?»

Realfiktion Wie Superman bei seinen Metamorphosen zum Helden betrete ich also die Welt außerhalb meiner Insel durch eine Drehtür. Das gefällt mir. Jedoch dreht sie sich nicht in Windeseile um sich selbst und spuckt mich plötzlich aus, für Heldentaten sofort bereit, sondern fährt ganz gemächlich und vollautomatisch vor sich hin und lässt mich erst nach einer gefühlten Ewigkeit auf der anderen Seite wieder frei. Sofort bleibe ich stehen und staune. Auf den ersten Blick kommt mir dieser Ort absurd vor, als wäre er nicht, was er vorgibt zu sein, als versteckte er sich hinter Fassaden. Das eigentliche Gebäude jedenfalls ist nicht gleich zu erkennen, nur das mächtige Glasgewölbe zeugt von einem Bahnhof.

Überall sind Geschäfte, nur das Übliche, jede freie Fläche ist mit Werbung beklebt, sogar der Fußboden. Die Spielhölle blinkt, der Meeting Point dreht sich im Kreis, über der Information leuchtet eine Digitalanzeige. Auf einem Bildschirm laufen Nachrichten, Börsenwerte und ein Newsticker. Von irgendwoher dudelt klassische Musik, aus Kopfhörern wummert ein Bass, hinter mir schnattert eine Pfadfindergruppe, über mir rattert die Anzeigentafel. Von den Gleisen ertönen Durchsagen, quietschen bremsende Züge und schnaufen die sich öffnenden Türen. Eine Kolonne emsiger Ausländer fährt auf klobigen Putzautos ihre Bahnen und spritzt mit Hochdruckreinigern den Dreck die Treppen hinunter. Junge Männer in Anzügen lauern auf Kundschaft, um Kreditkarten, Zeitungsabos und die Mitgliedschaft in einer Menschenrechtsorganisation zu verkaufen. Verstrahlte Jugendliche streunen herum, um nach durchzechter Nacht etwas zu essen.

Menschen drängen von hinten an mir vorbei, sie tragen Schwarz und Grau, manche Blau. Sie schubsen mich und motzen; einige werfen mir noch böse Blicke zu. Ich fühle mich fehl am Platz, ihr rüdes Verhalten kommt mir feindselig vor. Sie hasten in die Halle, hören dabei Musik, telefonieren oder schreiben im Gehen SMS. Selbst in der Öffentlichkeit ist jeder privat, nur auf sich selbst konzentriert, schleppt jeder seine kleine Welt mit sich herum, als gäbe es kein Außerhalb davon; und jede Störung nervt.

Ich bin reizüberflutet, so viele Menschen und Eindrücke habe ich lange nicht mehr erlebt. Ebenso staunend wie verängstigt wage ich mich in die Halle vor, die Arme um mich selbst geschlungen; alles erschreckt mich, jedem folgt kurz mein Blick. Mir fällt auf, dass die allermeisten einen bedeckelten Pappbecher in der Hand halten, irgendwie albern, diese neumodische Beiläufigkeit erinnert mich an amerikanische Serien, in denen geschäftige Leute ganz nebenbei chinesisches Essen aus Pappboxen picken.

Auch ich versuche jetzt, so selbstverständlich wie möglich zu erscheinen, aber es gelingt mir nicht; stattdessen werde ich das Gefühl nicht los, dass alle mich anglotzen, wenn sie an mir vorübergehen. Es macht mich wahnsinnig, ich flüchte in ein Geschäft; endlich Ruhe. Alles hier glitzert. Modeschmuck. Ich beruhige mich wieder. Weil die beiden Verkäuferinnen mich so garstig anglotzen wie damals Julia Roberts in *Pretty Woman,* kaufe ich mir, anstatt wegzulaufen, eine billige Sonnenbrille mit Spiegelgläsern, setze sie auf, atme tief durch und trete wieder in die Halle hinaus. Ich fühle mich jetzt besser, anonym und sicher.

Ich werfe die Schürze, die ich noch trage, in einen Mülleimer, stopfe das restliche Wechselgeld in die Hosentasche und schmeiße das Kellnerportemonnaie gleich hinterher. Jetzt besitze ich nur noch das, was ich am Leib trage, ein Hemd also, eine Hose und eine Sonnenbrille, etwas Geld und Zigaretten, mehr nicht. Ich trage nicht einmal Unterwäsche. Diese plötzliche Gewissheit, jetzt völlig allein und mittellos zu sein, übermannt mich; ich fühle mich gottverlassen. Für einen Moment erfasst mich Panik. Ich muss mich zwingen, nicht die Nerven zu verlieren, starre angespannt auf meine Füße und brülle mich innerlich an: Reiß dich verdammt noch mal zusammen!

Vor dem Reisecenter betrachte ich eine Deutschlandkarte; ich konzentriere mich, um durch die dunklen Gläser etwas erkennen zu können. Da ich allerdings keine Ahnung habe, wo ich hinfahren soll, nehme ich meinen Mut zusammen und frage die alte Frau neben mir. Ich muss an das Meerschweinchen denken. Die Frau sieht mich unsicher an, bevor sie nickt. Sie sei auf Kur in Travemünde gewesen, sagt sie, und während sie mir den Ort auf der Landkarte zeigt, wirft sie mir einen besorgten Blick zu: «Die Seeluft ist gesund, mein Junge.»

Ich lächle schief und gehe ohne ein weiteres Wort zum Fahrkartenautomaten. Travemünde also. Mühsam klicke ich mich durchs Menü, hadere mit dem Touchscreen und muss feststellen, dass ich mir gar kein reguläres Ticket leisten kann, Scheiße, kaufe also notgedrungen ein Wochenendticket und drucke mir die Verbindung für den Nahverkehr aus.

Ich bin hungrig und gehe in eine Bäckerei, froh darüber, der Hektik zu entkommen. Obwohl sie mich warten sieht, drapiert die Bedienung weiter Brötchen in der Auslage und tut so, als sei ich Luft. Ich starre sie an. Das Geschäftslogo prangt auf ihren schweren Brüsten, als solle es an Schlagkraft gewinnen. Sie arbeitet mit solch einer Lieblosigkeit, nicht unsympathisch. Ein Schild verrät mir, dass sie Nicole heißt. Ich bestelle also, obwohl Nicole mich nicht beachtet, indem ich sie beim Namen rufe, und bemerke, dass es funktioniert. Ich schmunzle. Es muss schrecklich sein, von Fremden beim Namen genannt zu werden.

Sie zuckt zusammen, hält inne, würdigt mich zwar keines Blickes, bereitet mir aber einen Milchkaffee zu und stopft das Brötchen achtlos in eine Tüte. Ich gebe ihr Trinkgeld, das sie mit unwirschem Blick zur Kenntnis nimmt, immerhin, aber nicht einmal für Geld ist sie zu lächeln bereit.

Ich setze mich in die hintere Ecke, um den Raum im Blick zu haben. Es handelt sich um eine große Fressmeile, die durch eine Glasfront vom Bahnhof abgetrennt ist. Es gibt eine rustikale Kneipe, eine Würstchenbude, einen kleinen Supermarkt, eine Saftbar, eine Sushibar und diverse Fast-Food-Ketten. An den Wänden hängen farbenfrohe Stillleben von Bratwürstchen und Früchten, auf denen frischer Morgentau glitzert.

Es ist kaum auszuhalten, die Ausstatter einer Soap hätten das Ambiente nicht besser hinbekommen. Die Wechselwirkung ist himmelschreiend, die auf Hochglanz polierte Fernsehwelt spiegelt sich ihrerseits in der Lebenswelt wider und verzerrt Stück für Stück die Maßstäbe. Wie bei botoxsüchtigen Freaks aus *Exklusiv*. Wirklichkeit als das realisierte Zerrbild eines Zerrbilds, und alle Grenzen verwischen.

Junge Mädchen kommen in die Bäckerei, um sich mit Muffins und Latte macchiato einzudecken. Ich muss lachen. Sie sehen alle gleich aus, wie aus einer Castingshow, auf biedere Weise hip, ein bisschen billig, H&M halt. Es ist rührend, irgendwie grotesk, wenn sie sich dicht aneinanderdrücken wie scheue Kühe, sich Bröckchen ihrer Muffins in die Münder schieben, mit Handys spielen, kichern. Auch hier fällt mir sofort das Zerrbild auf, es ist zum Verrücktwerden, oder egal.

Am Ende ist alles Realfiktion. Wow, klingt gut, wie die Erfüllung aller Träume; mal abwarten. Heute springen sie mir jedenfalls ins Gesicht und sind nicht zu übersehen. Und in diesem unaufhörlichen Spiel, in dem alles wiederholt und totgelabert wird, verwurstet, gesampelt, verarscht und karikiert, können auch alle anderen die Realfiktionen sehen, nicht wahr? Jaja. Ich trinke den letzten Schluck Kaffee, er ist kalt.

ergo Ach, immer mein Geschwätz. Mir scheint, ich nehme das Leben zu ernst. Eigentlich sollte ich mich selbst nicht mehr ernst nehmen, wenn ich das Leben zu ernst nehme. Und dann, vielleicht ein Wunder: Alles ist möglich.

catchy Auf dem Vorplatz eilen Menschen aus den U-Bahn-Schächten in den Bahnhof. Sie gehen schnell und zielstrebig, ohne zu verharren, saugen zwei, drei Züge an den Zigaretten, bevor die Drehtür sie verschluckt. Ich kaufe mir nach Jahren wieder einmal eine Zeitung und suche vergeblich eine Sitzgelegenheit, setze mich kurzerhand auf die Bordsteinkante und rauche mehrere Zigaretten hintereinander. Mir ist kalt.

Überall parken Autos. Vor Stadtrundfahrtbussen stehen Promoter mit roten Mützen, die aussehen, als sei das ihre letzte Chance auf Arbeit, schieben ihre frostige Langeweile beiseite und verteilen lächelnd Broschüren. Die Jungs vom Security-Service stehen in der Raucherecke und gucken böse, sie sehen aus, als hätten sie noch bis vor Kurzem zu denen gehört, die sie nun in Schach halten sollen. Um die Junkies zu vertreiben, wird der Platz mit klassischer Musik bespielt, was jedoch nicht funktioniert; es wimmelt nur so von Pennern und Drogensüchtigen. Schmale Knaben lungern am Eingang und rauchen fahrig Zigaretten, die andere achtlos zu Boden werfen. Am Rande des Geschehens sitzen zwei Hippies auf einem Mäuerchen und kiffen, trotz Kälte sind sie barfuß. Nachdem sie aufgeraucht haben, schnorren sie mich um eine Mitfahrgelegenheit an. Ich betrachte ihre dreckigen Füße und verneine, obwohl auf dem Ticket andere mitfahren können.

Ich habe keine Lust auf Small Talk, denn ich erfahre allein durch ihren bloßen Anblick mehr über sie, als mir lieb ist. Dreckig sein und morgens kiffen, barfuß laufen und Mitfahrgelegenheiten schnorren, in der Summe ist das ein klares Statement. Die wollen das so. Die finden das cool. Und wenn nicht, sind sie blöd oder verlogen. Ich finde das genial: Allein anhand dieser wenigen Kriterien kann ich mir aus unzähligen Merkmalen ihre Persönlichkeit zusammenstellen und werde mit dem Großteil meiner Vorstellungen richtigliegen. Der Umkehrschluss klingt jedoch ernüchternder: Mag die Zusammenstellung der Persönlichkeit noch so individuell sein, so zerfällt sie bei genauerer Betrachtung in ihre Einzelteile, in denen sich jeder Mensch erschreckend ähnlich ist.

Ich beobachte das Treiben, das chaotisch erscheint, aber vermutlich unzähligen Ordnungen folgt, die ich nicht verstehe. Überall sind unsichtbare Wege, über die sich Menschen drängen, ohne überhaupt zu checken, dass sie nur über Trampelpfade latschen. Das erinnert mich an mikroskopisch kleine Bewegungsfelder in unterschiedlichen Farben, die von Strömungen erfasst werden, in Pulsen an- und wieder abschwellen, an den immer gleichen Punkten wabern oder Knoten bilden, wie miteinander inkompatible Flüssigkeiten aber immer wieder aneinander vorbeiflutschen.

Ich schließe die Augen. Es herrscht Ruhe, geradezu gespenstische Ruhe. Ich sitze mitten im Geschehen auf dem Boden wie im Windschatten einer Bewegungsunschärfe und fühle mich hilflos verloren. Ich bin allein, umgeben von langen Schlieren, die um mich herumziehen, sich an mir entlangdrücken, ich höre Bewegungsrauschen und klassische Musik.

Die Wolkendecke bricht auf, ein strahlend blauer Himmel lugt zwischen den Wolken hervor; der Platz erstrahlt im Sonnenlicht. Ich freue mich jetzt über die Sonnenbrille. Auch viele andere tragen welche, als hätten sie nur darauf gewartet. Alle halten inne, treten aus dem Schatten des Vordachs und gucken in die Sonne, selbst Eilige bleiben kurz stehen und lächeln. Manche öffnen ihre Jacken, viele schließen einfach die Augen und genießen den Moment. Die Sonne wirkt wie ein Zauber, eine feierliche Stimmung entsteht.

Plötzlich höre ich ein lautes Schlurfen und blicke mich um. Ein alter Mann schleppt sich über den Vorplatz. Er ist riesengroß und fett, selbst mit gebeugtem Rücken überragt er alle anderen. Sein mächtiger Bauch quillt über die Hose wie überkochender Pudding, pomadig schiebt er ihn durch die erstarrte Menge. In der einen Hand hält er eine prall gefüllte Plastiktüte, in der anderen eine Bierdose. Er wankt durch die Menge und lacht vor sich hin, wie nur einer lachen kann, der als Einziger einem Fluch entronnen ist. Er brummt unverständliche Laute. Niemand beachtet ihn. Mitten auf dem Platz hält er inne, richtet sich auf, sieht auf die Menschen hinab und schreit: «Ihr seid alle verrückt geworden!» Er schüttelt den Kopf und geht ungerührt weiter, grummelt in sich hinein, wettert vor sich hin.

Fasziniert blicke ich ihm nach, er kommt mir so wahrhaftig vor. Als er direkt an mir vorbeigeht, lächle ich ihn an, er sieht mich aber nicht und geht ungerührt weiter. Dann bleibt er doch stehen und dreht sich um. Die Sonne blendet ihn, angestrengt kneift er die Augen zusammen. «Wie bescheuert», schreit er in die Menge, «endlich scheint die Sonne, aber alle tragen Sonnenbrillen!» Er schüttelt über diese Absurdität den Kopf, dreht sich weg und geht; ich höre ihn fluchen, bis er im Bahnhof verschwindet. Verwundert sehe ich mich um, die Magie des Augenblicks ist zerstört. Beschämt nehme ich die Sonnenbrille ab. Die Sonne blendet, das kitzelt in der Nase. Ich niese.

Und Es werde Mensch Durch das Giebelfenster fällt ein Lichtkegel auf den Dachboden, die Atmosphäre steigt Jurek zu Kopf: «Ich fühle mich wie Bastian Balthasar Bux», stöhnt er theatralisch. Ich werfe Karla einen spöttischen Blick zu, manchmal geht er mir hart auf die Nerven. «Wie wer?», fragt Karla ihn, und Jurek ist entsetzt, dass sie *Die unendliche Geschichte* nicht kennt. Ich verdrehe die Augen. «Ich kenne den Film», sage ich, «und der ist scheiße.» Karla lacht. Jurek winkt ab. «Ihr habt keine Ahnung», meint er, «aber egal. Jedenfalls hockt dieser Bastian auf einem Dachboden und liest *Die unendliche Geschichte.* Es geht um das Reich Phantásien, das unaufhaltsam von einem Nichts zerstört wird. Bastian begreift, dass er Teil der Geschichte ist und dass nur er den endgültigen Untergang verhindern kann.» Begeistert klatscht er in die Hände: «Und zwar mit seiner Fantasie. Ist das nicht toll?» Ich antworte nicht, spiele stattdessen Luftgitarre, intoniere ein paar Akkorde und gröle:

Und darum klag ich an:
Michael Ende, nur du bist schuld daran,
dass aus uns nichts werden kann.
Du hast uns mit deinen Tricks
aus der Gesellschaft ausgeixt.
Mit den Eltern aller Schichten
willst du uns vernichten.

Karla und ich lachen uns schlapp und klatschen uns ab. Jurek ist beleidigt, was uns nicht weiter interessiert, das ist normal. Er tut nicht nur alles mit großer Geste, er nimmt sich darin auch noch ernst, üble Mischung. Aber nach kurzer Zeit ist alles vergessen, wie immer. Jetzt sucht er zusammen mit Karla nach brauchbaren Klamotten. Ich stöbere in Achims alten Bücherkisten. Das meiste interessiert mich nicht, nur ein kleines Taschenbuch weckt mein Interesse.

Und ES werde MENSCH.

Das klingt nach Psychologie und Sex, das ist immer gut. Das Buch ist alt und zerlesen, das Deckblatt zerknickt und fast abgerissen. Viele Stellen sind markiert, der Rand ist unleserlich vollgekrickelt. Offensichtlich hat Achim intensiv damit gearbeitet, vermutlich während des Studiums. Ich streiche das Deckblatt glatt und lese den Untertitel:

Identität erkennen und gestalten
Die Erziehung zu einer starken Persönlichkeit

Wie interessant. Ich setze mich zwischen die Kisten auf den Boden, als Jurek plötzlich laut aufkreischt. Er hat die Verkleidungskiste entdeckt, fischt ein Hochzeitskleid heraus, hält es sich vor die Brust und betrachtet sich im Spiegel; er ist völlig aus dem Häuschen. «Wie geil.» Ich widme mich demonstrativ meiner Lektüre und lese einfach die erste markierte Stelle in der Einleitung:

Längst haben sich Rollenbilder und Beziehungsmodelle etabliert, die stark von klassischen Idealen abweichen. Auch die ökonomischen Bedingungen haben sich verändert. In unserer freiheitlich-demokratischen Gesellschaft ist Fortpflanzung eine Frage der Beliebigkeit geworden. Und das birgt nicht nur Probleme für die Zukunft unserer Gesellschaft, sondern für den gesamten natürlichen Lebenskreislauf.

Aha. Nachdenklich sehe ich hoch und betrachte den schwabbeligen Jurek, der nur noch Unterhose und Tennissocken trägt und mit Karlas Hilfe versucht, sich in das Hochzeitskleid zu zwängen. Es sieht ziemlich albern aus. Schmunzelnd widme ich mich wieder meinem Buch und blättere bis zu einer Stelle, an der viele Notizen an den Rand geschrieben sind.

Der aus Liebe und Verantwortung gewachsene Wunsch nach Fortpflanzung ist Quell des Lebens und das menschliche Ideal. Eine wichtige Herausforderung ist es nun, Wege zu finden, um den natürlichen Lebenskreislauf zu erhalten. Die Frage ist nicht nur: Wie sieht eine moderne Familie aus, sondern auch: Wie kann die Existenzgrundlage unserer Gesellschaft sichergestellt werden? Und: Was muss Erziehung leisten, um gesunde Menschen hervorzubringen?

Jureks hysterisches Kreischen ist unerträglich. Endlich hat er es geschafft, sich in das Kleid zu quetschen, stopft sich nun die Brüste aus und schminkt sich, während Karla mit der Kippe im Mundwinkel die letzten Ösen schließt. Dann dreht er sich im Kreis, und sie bewundert seine Schönheit: «Ein Traum.» Sie lachen. Jurek pfeift das Dornröschen-

Motiv, und sie tanzen Walzer; die dreckigen Tennissocken lugen unterm Saum hervor. Im Überschwang rempeln sie mich an und kichern dämlich. Ich werfe Jurek einen strafenden Blick zu. Ich kann einfach nicht nachvollziehen, warum er sich immer so lächerlich benehmen muss; bei ihm ist echt was schiefgelaufen. Ich ignoriere sie wieder. Schließlich werden Karla und Jurek neugierig und wollen wissen, was ich in meiner dunklen Ecke so begierig lese. Sie setzen sich auf die Bücherkisten und sehen mir wispernd über die Schultern; weil mich das nervt, lese ich laut vor.

> *Eine starke Persönlichkeit ist Grundvoraussetzung, um der Komplexität und Freiheit des modernen Lebens gewachsen zu sein. Aber die Fähigkeit zu reifer Liebe und erfüllender Sexualität, berufliche Selbstverwirklichung, ein klares moralisches Urteilsvermögen und Verantwortungsbewusstsein gegenüber sich und anderen können nur dann herausgebildet werden, wenn man zweifelsfrei weiß, wer man ist, wohin man gehört und was man will. Schaffen Sie Klarheit. Träume sind wichtig, aber man darf sie nicht fahrlässig mit der Wirklichkeit verwechseln. Hier muss ein gesunder Mensch klar differenzieren können, um nicht bereits an den kleinen Widersprüchen des täglichen Lebens zu verzweifeln. Wie schon Aristoteles sagt, besteht das menschliche Ideal im Gleichgewicht der Gegensätze. Ein solcher Mittelzustand ist die wesentliche Eigenschaft des gesunden Ichs.*

Ich werfe Jurek jetzt einen überheblichen Blick zu, stelle aber verdutzt fest, dass er mich zusammen mit Karla bereits mitleidig anschaut und dabei so süffisant lächelt. Sein Gesichtsausdruck macht mich wütend, am liebsten würde ich ihn schlagen. Stattdessen blicke ich auf das Buch in meiner Hand und schweige betreten.

so oder so Dumpfbacken Entnervt sehe ich auf und betrachte den Mob. Es ist laut. Auch die beiden Männer mir gegenüber gucken abgefuckt. Das Großraumabteil ist mit Fußballfans vollgestopft, die das immer gleiche Schlachtlied grölen; nervtötend wie spielende Kinder. Ich hasse Fußballfans. Sie stinken nach Schweiß, nach billigem Aftershave und Alkohol. Die signalroten Trikots beißen sich farblich mit den Sitzen, das Apricot der Plastikverschalung dominiert den Raum, als sei der Zug von Playmobil. Ein richtiger Zug mit Lederbänken und klapprigen Schiebefenstern wäre mir lieber.

In der Sitzgruppe nebenan sitzt der Fettsack von vorhin. Ich lege demonstrativ die Sonnenbrille vor mir auf den Tisch und schiele immer wieder zu ihm hinüber, traue mich aber nicht, ihn anzusprechen.

Er ist so fett, dass er zwei Plätze in Anspruch nimmt. Sein Bauch reicht bis zu den Knien und wird vom Klapptisch eingezwängt, sein Kopf wirkt absurd klein. Er schnauft ohne jede Anstrengung, nimmt sich ein Dosenbier aus der Plastiktüte, das dritte inzwischen, es fällt ihm jedoch aus der Hand und rollt unter den Tisch. Ächzend beugt er sich vor, presst das fleckige Gesicht auf die Tischplatte und fischt hilflos danach; die Hand berührt nicht einmal den Boden. Konzentriert schaut er an mir vorbei ins Leere und keucht.

Ihm gegenüber sitzt ein Fußballfan und füllt seinen halbwüchsigen Sohn ab. Irgendwie auch rührend. Sie trinken Kurze aus kleinen Fläschchen, klemmen sie sich zwischen die Zähne, schmeißen die Köpfe in die Nacken, knallen die geleerten Flaschen auf den Tisch und jaulen wie Affen. Der Junge klettert unter den Tisch und holt das Bier, woraufhin sich der Fettsack wieder aufrichtet und verschnauft. Er sitzt da und schwitzt wie ein Schwein. Mit dem Ärmel fährt er sich über die Stirn, schröpft mit der Hand den Schweiß unter den Falten des Doppelkinns und reibt sie am Polster trocken. Als er schließlich das Bier öffnet, schäumt es über und rinnt den Sitz entlang zu Boden. Er flucht, trinkt hastig und bekommt Schluckauf. Vater und Sohn lachen herzhaft, der Junge klopft ihm auf die Schulter und gibt ihm Schnaps aus. Dankend schüttelt er beiden die Hand. Er sei der Erich.

Die Männer mir gegenüber starren ihn angeekelt an. «Wie kann man so fett sein», zischt der eine leise und grinst, schlägt die Beine übereinander und widmet sich einer Zeitschrift. Seine Herrenstrümpfe haben die gleiche Farbe wie die Fußballtrikots, wie schön, zumindest etwas harmoniert. Seine Hand, die er beim Lesen an die Lippen legt, wirkt durch die starke Behaarung irgendwie weltmännisch, was durch den Siegelring noch betont wird. Der andere rückt zu ihm auf, lehnt sich gegen seine Schulter und schlägt ebenfalls die Beine übereinander. Tennissocken hinterlassen geriffelte Striemen auf den Waden, wie unschön, weitaus weniger weltmännisch. Während er sich über den Schwabbelbauch von Leonardo DiCaprio echauffiert, betrachte ich seine kleine Wohlstandsplauze. Er reckt die trainierte Brust vor, hat Titten wie ein Gorilla, als hoffe er, die Proportionen so wieder zurechtzurücken.

Vor ihnen auf dem Tisch liegt eine unangetastete *Financial Times Deutschland* und eine neue Ausgabe der *Buddenbrooks*. Sie legen die Zeitschrift beiseite und unterhalten sich über die Verfilmung des Romans. Der Mann in Herrensocken gerät darüber regelrecht ins Schwärmen und schwadroniert himmelschreiend eloquent über Thomas Mann, woraufhin der Mann in Tennissocken gravitätisch nickt, sich zu einem *Ich liebe Thomas Mann* hinreißen lässt, sich mit der einen Hand ans Herz fasst, mit der anderen über das Buch streicht und auf dem noch makellosen Schutzumschlag schmierige Fettflecken hinterlässt.

Ich ertrage das nicht, sehe genervt aus dem Fenster und kaue an den Fingernägeln, bis es wehtut. Habe ich den Verstand verloren? Sind die alle wirklich so? Oder ist alles nur ein Witz? Jeder gibt die Parodie des eigenen Klischees zum Besten, und ich check's nicht. Ist das so? Jedenfalls bilde ich ihn mir nicht ein, diesen Kitsch, diesen Klischeekitsch, der mir wie ein nasser Lappen um die Ohren schlägt, als befreie er mich aus einer Ohnmacht.

Plötzlich huscht meine Insel am Zugfenster vorbei, und ich kann meine Bucht noch einmal sehen. Dann ist sie fort. Ich seufze. Der Zug fährt nun langsam durch die Vorstadt, vorbei an Hochhäusern, an Reihenhaussiedlungen und Kleingartenkolonien, in denen deutsche Fahnen wehen.

Wieder blicke ich in die Runde. Die Fußballfans sind ruhiger geworden, vereinzelt treiben Unterhaltungsfetzen durchs Abteil, ansonsten herrscht allgemeine Tumbheit. Die Thomas-Mann-Fans plauschen nett miteinander, unerträglich gut gelaunt, lachen affektiert. Vater und Sohn sehen neugierig zu ihnen hinüber, tauschen mit Erich vielsagende Blicke aus, flüstern sich dann Heimlichkeiten ins Ohr und lachen grob und dämlich. Sie imitieren effeminiertes Verhalten, wie es ihrer Vorstellungskraft entspricht, und amüsieren sich darüber, geben noch ihre abschätzige Meinung übers Arschficken kund, als wäre es nicht ihre liebste Fantasie beim Wichsen.

Der Mann mit den Tennissocken verdreht angesichts derartiger Plumpheiten angeödet die Augen, blickt überheblich zu seinem Freund und wirft auch mir einen verschwörerischen Blick zu. Und schon bilden wir ein Eiland der Normalität, auf das er sich retten kann. Wenn er meint? «Ich hasse Fußballfans», verkündet er, nicht gerade leise, «was sind das bloß für Idioten.» Ich bin ehrlich überrascht, dass er sich das traut, immerhin sind diese Idioten in der Überzahl. Das tangiert ihn aber nicht, er fühlt sich sicher. Doch obwohl er sich bemüht, einen möglichst beiläufigen Eindruck zu machen, gelingt ihm das nicht, im Gegenteil. Die Pose, in der er verharrt, der durchgedrückte Rücken, die nach hinten gezogenen Schultern und das gesenkte Kinn verraten seine Anspannung.

Dadurch noch mehr angestachelt, schwuchteln unsere Sitznachbarn um die Wette wie überdrehte Kinder. Erich hat eine wahre Freude daran, er lacht, will gar nicht aufhören. So ein penetrantes Lachen habe ich noch nie gehört; er lacht wie ein Pferd. Doch hinter seinem Frohsinn verborgen lugt ein feindseliger Blick zu uns hinüber.

Das restliche Abteil erwacht zum Leben. Immer mehr Mäuler reißen auf, feixen und mutieren zu Fratzen. Hände platschen auf Jogginghosen. Fettsäcke wackeln weibisch mit dem Arsch, Pickelfressen werfen die Hände an die Hüften und kreischen, Langweiler finden sich zum ersten Mal im Leben unbeschreiblich geistreich.

Durch die trügerische Sicherheit kollektiver Dummheit etwas zu übermütig geworden, beugt sich der Junge zu uns hinüber, stupst das Dickerchen an und grinst blöd: «Ey, biste schwul oder was?» Ich verdrehe die Augen. Was für eine dumme Frage, aber egal. Der Gefragte ringt um Fassung, zieht erst mal die Tennissocken hoch; nervös zucken seine Titten. Schließlich dreht er sich um, lässt den Blick genüsslich über den Jungen gleiten und verharrt grienend am Schritt, mit Daumen und Zeigefinger seiner rechten Hand demonstriert er einen ziemlich kleinen Abstand. «Sorry», sagt er kopfschüttelnd, «aber du verstehst schon.» Sein Freund legt ihm die Hand aufs Knie: «Gut gemacht.» Aber der Junge versteht nicht.

Es passiert nichts, gar nichts, es herrscht nicht einmal große Anspannung, nur diese unerträgliche Einfältigkeit. Erich blickt jetzt offen feindselig. Alle warten irgendwie auf eine Reaktion, das kann man sich schließlich von einem Schwanzlutscher nicht bieten lassen, aber der Junge glotzt ihn an und weiß nicht, was er sagen soll. Er ist doch nur ein kleines Würstchen, das sich im jugendlichen Übermut zu weit vorgewagt hat, das Bauernopfer der Umstände quasi. In der Not fällt ihm nichts weiter ein als ein abgeschmacktes *Verfickte Schwuchtel*, was vermutlich noch der Wahrheit entspricht, denn diese klimpert daraufhin übertrieben mit den Augen und grinst so dämlich wie Westerwelle.

Das dämliche Grinsen war zu viel. Erich stellt sein Bier auf den Tisch und richtet sich mühsam auf, beugt sich überraschend vor und schlägt der Schwuchtel die Faust ins Gesicht. Es knallt. Blut spritzt aus der Nase. Der Geschlagene schreit auf, ist völlig perplex, hält sich wimmernd die Hand vors Gesicht; sein Freund ist vor Schock wie gelähmt. Erich bleibt einen Moment lang stehen, die Faust zum Nachschlag bereit, lässt sich dann zurückfallen, wischt sich den Schweiß von der Stirn und nickt dem Jungen freundlich zu. Er trinkt sein Bier weiter, als wäre nichts gewesen. Der Vater spendiert ihm noch einen Schnaps.

Plötzlich muss ich lachen, es bricht einfach aus mir heraus. Ich lache laut und ausgelassen, brülle schließlich vor Lachen, fast hysterisch, und obwohl ich mir schäbig vorkomme, kann ich es nicht unterdrücken, will es eigentlich auch gar nicht. Ich mein, selbst schuld.

unverhofft kommt oft Der einzige Laden im Bahnhof ist eine krude Mischung aus Buchhandlung, Bäckerei und Pommesbude. Provinzielles Drecksloch. *Bild* und Rosamunde Pilcher sind hier die weite Welt. Der Anschlusszug ist weg, die Warteschlange dementsprechend lang. In der Auslage steht neben ein paar Puddingteilchen das letzte Stück Schwarzwälder Kirschtorte. Ich liebe Schwarzwälder

Kirschtorte. Und gleich bin ich an der Reihe, endlich, vor mir nur noch Erich und eine alte Frau.

Warten also. Ich habe gelesen, ein Deutscher wartet durchschnittlich zwanzig Prozent seines Lebens. Jede fünfte Minute für nix. Nur für das Folgende. Wenn er dann noch je dreißig Prozent arbeitet und schläft und weitere zehn, fünfzehn fernsieht, bleibt für Basics wie essen und ficken nicht viel übrig. Was für eine Zeitverschwendung.

Ich blicke zu Boden. Langsam schieben sich Füße vor mir über abgetretenes PVC, entlang der Dreckspur zur Kasse, vorbei an Schokoriegeln und Hustenbonbons. Erich trägt Adiletten, die Füße quellen über, seine verhornten Fersen starren vor Dreck. Und er stinkt, nach allem, nach Schweiß und Furz und Bier; ekelhaft. Die alte Frau trägt knallgrüne Laufschuhe, die sie hölzern anhebt wie ein Marionettentier seine Hufe. Ihre knöcheldünnen Waden staksen unterm Faltenrock, Krampfadern drücken sich durch hautfarbene Stützstrümpfe.

Ich sehe auf. Die Alte klemmt sich eine *Bild* unter den Arm und begutachtet die Kuchenauswahl, kann sich aber nicht entscheiden; nachdenklich spielt sie mit dem Kruzifix um ihren Hals. Das eingefrorene Lächeln der Verkäuferin ist offensichtlich ungeduldig, auch Erich räuspert sich genervt. Ich klopfe mit der Fußspitze auf den Boden, flüstere *Puddingteilchen, Puddingteilchen*, und die Alte, derart unter Druck gesetzt, kauft schließlich wirklich ein Puddingteilchen. Ich bin erleichtert; immer noch ist das Stück Torte da.

Puddingteilchen finde ich ekelhaft. Wenn die Puddinghaut dem Druck der Zähne plötzlich nachgibt, aber nicht zerplatzt, sondern sich stattdessen nach kurzem Widerstand einfach zerdrücken lässt, und der Mund dann voll von Vanilleschwabbel und Blätterteigbröckchen ist, könnte ich kotzen.

Erich ist an der Reihe. Er bestellt eine Flasche Weizenkorn und eine Thüringer mit Senf. Weil die Verkäuferin ihn nicht sofort versteht, brüllt er sie an, er spreche doch kein Chinesisch. Sie sieht gekränkt aus, knallt die Schnapsflasche auf die Theke, nimmt eine besonders runzlige Wurst vom Grill, pumpt aus einem großen Eimer einen kleinen Kackhaufen Senf auf die Pappe und reicht sie ihm unfreundlich. Er legt das Würstchen auf die Ablage, um in der eng sitzenden Jogginghose nach Geld zu kramen; nur mit Mühe kann er die geschlossene Hand wieder aus der Hosentasche ziehen. Die Wurst fällt ihm dabei zu Boden, was er jedoch erst bemerkt, als er darauftritt. Er flucht. Senf klebt ihm an den Zehen. Die Verkäuferin verdreht die Augen und plärrt rum, die Leute hinter uns stöhnen.

Weil mir das alles zu lange dauert, bestelle ich schon mal das ersehnte Stück Torte, aber die Verkäuferin beachtet mich nicht. Sie ist genervt – mit Pennern hat man nur Ärger – und verlangt ihr Geld für die zertretene Wurst. Eine Hand hat sie in die Hüfte gestemmt, die andere nach ihm ausgestreckt. Sie sieht hinterwäldlerisch dabei aus, irgendwie penetrant. Aber Erich macht keine Anstalten, sich zu beeilen, begutachtet stattdessen den Kuchen, zählt in aller Ruhe sein Geld und bestellt schließlich, ich hatte es befürchtet, das Stück Schwarzwälder Kirschtorte. Das Geld wirft er barsch über die Theke: «Stimmt so, blöde Fotze.»

Ich bin fassungslos. Das kann er nicht machen. Seit einer

halben Stunde warte ich nur für das eine Stück Torte, und dieses fette Arschloch kauft es mir vor der Nase weg. Und ich Idiot habe ihn noch selbst darauf aufmerksam gemacht. Ich stöhne genervt, und alle glotzen, aber ich tu so, als wäre nichts. Auch Erich dreht sich verwundert um und sieht mich an. Ich habe Angst davor, dass er mich schlägt, stattdessen betrachtet er mich wie den letzten Idioten. Plötzlich schäme ich mich für die Lächerlichkeit meines Wunsches. Ist ja nur ein Stück Torte.

Seinen Blick kann ich nicht einschätzen. Ob er mich erkennt? Ob er weiß, dass ich ihn schon eine Zeit lang beobachte? Dass ich im Zug neben ihm gesessen habe? Dass ich eben gelacht habe? Falls er das weiß, lässt er sich nichts anmerken. Er wendet sich ab, verstaut den Schnaps in seiner Tüte und geht. Die Schwarzwälder Kirschtorte lässt er einfach stehen. Hä? Warum? Hat er sie vergessen? Die Verkäuferin sieht mich fragend an. Ich zucke mit den Schultern, nehme die Torte und folge ihm. Ich habe mich geirrt, er ist gar kein Arschloch, er meint es gut mit mir. Ich lächle.

verlockende Abgründe Planlos irre ich mit Jurek eine düstere Gasse zwischen verlassenen Werkshallen entlang, immerzu dem Bass nach. Der Löwenzahn sprießt in den Fugen des brüchigen Asphalts, Birken wachsen am Gemäuer. Wirr hängen Stromkabel zwischen den Häusern, längst erloschene Laternen drohen aus den Wänden zu reißen. Am Ende der Gasse sitzen im Schein der einzig erleuchteten Laterne junge Leute auf einer Laderampe. Aus der Halle hinter ihnen wummert erbarmungslos der Bass, laut klirren die Fenster.

Wir schlüpfen durch einen schweren Theatervorhang, stehen in der verwitterten Vorhalle und staunen. Von den Wänden blättert der Putz, von der hohen Decke hängen Ketten und uralte Staubfäden herab. Es ist heiß, stickig, verraucht. Die Halle ist mit Menschen überfüllt, die sich um eine provisorische Bar drängeln, über der auf einem Fernseher Godzilla mit einem Lindwurm kämpft. Bis auf ein paar Tische und Stühle ist der Raum kahl und schmucklos, nur einige Lampions werfen etwas Licht; eine lachende Sonne hängt verlassen in der Ecke.

Die Stimmung ist elektrisiert, elektrisierend, geradezu euphorisch, es zieht uns wie ein Sog hinein, verschluckt uns. Ich traumwandle durch die Menge und fühle mich wie Luke Skywalker in dieser Bar in Mos Eisley, cool und tollkühn. Die Atmosphäre ist irgendwie apokalyptisch. Wir drängeln uns durch nackte, verschwitzte Körper, vorbei an lichtverzerrten Fratzen, aus denen schwarze Augen wie aus Höhlen stieren. Alle lachen, schreien, grinsen, hibbeln herum oder hocken auf dem schlammigen Boden und rauchen. Neben mir kippt sich ein Mann Wasser über den Kopf und brüllt martialisch, das dreckverschmierte Unterhemd klebt am sehnigen Leib.

Metallisch-kalte Klänge peitschen durch die Halle, roh und gefährlich, von zwingender Kraft. Darüber blubbert, kreischt und scheppert ein irrwitziger Klangteppich, packt mich wie eine böse Macht und fordert mich heraus. Der unbändige Bass klingt wie der restlos wahnsinnig gewordene Trommelwirbel zum finalen Kampf inmitten von Ruinen, in denen Monster lauern und die Überlebenden zerfleischen. Es sind die donnernden Pauken des Endgegners. Heldenmusik.

Ich fühle mich großartig. Als Jurek mir ein Bier in die Hand drückt, grinse ich breit. «Möge kommen, was da wolle», brülle ich ihm entgegen. Er lacht so, als hätte er einen Witz nicht verstanden, egal. Wir kennen uns erst seit ein paar Wochen, er ist nett, aber seltsam. Wir prosten uns zu, und ich lasse den Blick wieder durch den Raum schweifen. Wieso fühle ich mich von dieser düsteren Abgründigkeit so angezogen? Warum kommt sie mir so wahrhaftig vor?

Ein Mädchen huscht an uns vorbei, trotz der schweren Stiefel leichten Schrittes; ihr dünnes Haar und das luftige Sommerkleid flattern hinterher. Ich beobachte sie. Blass schimmern ihre knochigen Arme und Schultern im schummrigen Licht, ihr schmaler Rücken ist von Leberflecken übersät. Sie blickt kurz zurück und strahlt mich an, das Licht reflektiert auf ihrer verspiegelten Sonnenbrille. Beschwingt windet sie sich durch die Menge und verschwindet auf der anderen Seite der Bar hinter einem weiteren Vorhang. Ich gebe Jurek ein Zeichen und folge ihr.

Hinter dem Vorhang schlägt uns die Musik noch gewaltiger entgegen. Der Boden bebt. Es ist heiß und feucht, kondensiertes Wasser schimmert auf den Wänden und tropft von der Decke. Es riecht nach Schweiß, Öl und Gras. Wir bleiben stehen und lugen in die finstere Halle, deren Ende nicht zu erkennen ist. Inmitten der Dunkelheit steht ein DJ, er sieht wie ein Alien aus; ich kriege eine Gänsehaut. Als er sich aufrichtet, sehe ich, dass er eine Maske am Hinterkopf trägt. Ich lache. Ein helles, nervöses Licht, das sich irrlichternd um sich selbst dreht, strahlt waagerecht über die Tanzfläche. Dunkle Schatten tanzen wild darunter, der Lichtquelle entgegen, von der Musik unwiderstehlich angezogen. Hysterisches Kreischen erfüllt den Raum.

Ich drängle mich durch zuckende Schatten ins Zentrum des Geschehens und tanze. Alle schleudern ihre Gliedmaßen durch die Luft und kreischen, springen herum, zucken, schwitzen, lächeln glückselig, lassen sich treiben und herumwirbeln wie willenlose Marionetten der Musik. Anfangs noch ungelenk, noch ohne den Flow, packt auch mich jetzt der Wahnsinn und schleudert mich herum; ich schreie euphorisch. Jurek hüpft ebenfalls tollkühn durch die Menge und kreischt. Wenn sich unsere Tanzwege kreuzen, fallen wir uns überglücklich in die Arme und lachen.

Ich entdecke das Mädchen; die Sonnenbrille, die sie ins Haar geschoben hat, blitzt in der Masse auf. Ich tanze in ihre Richtung. Sie hat die Augen geschlossen und lächelt still vor sich hin, tanzt mit großer Anmut, fein, lässig und souverän. Nie zuvor habe ich jemanden sich so zauberhaft bewegen sehen. Anstatt sich vom Basslauf nach vorne treiben zu lassen, schwebt sie einfach zwischen all den zuckenden Irren auf den Sphären des Klangteppichs dahin, bewegt sich dabei leichtfüßig und erhaben wie eine Spinne. Ihre spindeldünnen Arme huschen immer wieder vor, ihre Hände greifen ins Nichts, ihre Finger zucken wie empfindliche Sensoren, reagieren auf alle Störgeräusche.

Sie öffnet die Augen und bemerkt, dass ich sie beobachte, lacht mich an und tanzt jetzt nur für mich. Sie ist wundervoll. Als der Bass schließlich in einem Knarzen versandet und alle kurz verschnaufen, kommt sie auf mich zu, ganz nah heran, und lächelt. «Ich bin Karla», schreit sie mir ins Ohr. Schon kündigt sich der neue Bass an, gefährlich brodelt es unter uns, laut heulen die Sirenen. Karla sieht mich herausfordernd an: «Und was jetzt?» Ich zucke mit den Schultern, keine Ahnung.

sprich mit mir Das kleine, früher bestimmt ganz hübsche Bahnhofsgebäude ist von Nachkriegsputz überdeckt, ein paar alte Ornamente sind hier und da noch zu entdecken. Futuristische Sitzbänke und Infowände versuchen das Gesamtbild ins Jetzt hinüberzuretten und machen es nur schlimmer. Eine kühle Brise weht Laub über den schmalen Bahnsteig, ich friere. Lichtstrahlen sickern wie göttliche Erleuchtung durch die Gewitterwolken, die über den rostigen Brachflächen eines ausgedienten Verschiebebahnhofs hängen, der sich bis zum Horizont erstreckt. Die Bäume, die zwischen den Gleisen wachsen, wiegen sich im Wind, verlassene Silos werfen lange Schatten, dramatisch.

Ich entdecke Erich am Ende des Bahnsteigs, direkt vor den Toiletten, wo er zurückgelehnt und in Gedanken versunken auf einer Bank sitzt, die Beine weit ausgestreckt. Vermutlich wartet er auf den Zug. Unter schwerem Atem hebt sich sein Bauch, bläht sich mächtig auf, nur um wieder schnaufend in sich zusammenzusacken. Ich bleibe stehen und beobachte ihn.

Der Anblick dieses großen, unwirschen Mannes, der jetzt, wo er sich unbeobachtet fühlt, plötzlich so nahbar und verletzlich erscheint, berührt mich; er imponiert mir umso mehr. Mir fällt auf, dass er kein Gepäck hat, nur die Plastiktüte mit Bier, die zwischen seinen Beinen auf dem Boden steht; als sei er, genau wie ich, völlig überraschend aufgebrochen. Wo fährt er hin? Anscheinend haben wir denselben Weg.

Ich bin selbst verwundert über den Gedanken, der mir jetzt durch den Kopf schießt. Keine Ahnung, woher und warum, ist ja auch egal. *Ich bin nicht allein*, denke ich. Hmm. Ich blicke auf die Schwarzwälder Kirschtorte und denke noch einmal: *Ich bin nicht allein*. Ja, schön. Irgendwie auch ein wundervoller Gedanke.

Erich erwacht aus seinen Tagträumen, reibt sich die Augen und schaut sich um, ohne mich jedoch zu bemerken. Er wirkt irritiert. Mit aller Kraft setzt er sich ein Stück auf, stützt sich, als er es endlich geschafft hat, auf den Knien ab und muss durchatmen. Er schwitzt. Nach kurzer Pause beugt er sich vor, soweit der Bauch es zulässt, fischt blind nach seiner Tüte und schnappt sich noch ein Bier. Ich gebe mir einen Ruck, gehe hinüber und setze mich so nah wie möglich neben ihn; ich bin so stolz auf mich.

Demonstrativ stelle ich die Torte auf mein Knie, als Erkennungszeichen sozusagen, und lächle ihn freundlich an. Mein Herz rast. Er glotzt zurück, als erkenne er mich nicht, ich bin mir aber sicher, dass er kaum merklich mit dem Kopf nickt. Ja, doch. Was habe ich erwartet? Dass er mir freudestrahlend um den Hals fällt? Na ja, vielleicht. Keine Ahnung. Verlegen schlage ich die Augen nieder und prökle an den Fingern, reiße mir kleine Hautfetzen an den Nägeln aus. Meine Hände zittern. Was soll ich sagen?

Ich sehe Erich wieder an, schweren Herzens und doch erwartungsvoll, suche vergeblich nach den richtigen Worten, nach einem guten Aufhänger für das kommende Gespräch, nach irgendeinem Zeichen, dass er mich überhaupt erkannt hat, starre ihn stattdessen an und schweige, wie immer. Scheiße. Und ich dachte, ich wachse über mich hinaus. Irgendwann sage ich einfach Danke. «Ich liebe Schwarzwälder Kirschtorte», füge ich noch hinzu. Erich aber trinkt nur sein Bier und schweigt.

keine Liebe Mit geschlossenen Augen verfolge ich die bunten Flecken, die wie ein Kaleidoskop immer andere Muster auf die Lider projizieren; wenn ich die Augen öffne, sehe ich nichts als helles Licht. Es ist früher Abend, wir haben lange nicht mehr geschlafen, und die Sonne geht schon wieder unter. Mein Zimmer, gezeichnet vom Exzess, leuchtet jetzt golden. Heute Abend kommt Achim wieder nach Hause, ich muss noch aufräumen, aber egal. Ich liege neben Jurek und Karla auf dem Bett, genau dort, wo der wärmende Lichtstrahl hinfällt, und höre auf dem Walkman immer wieder dieselbe Portishead-Kassette. Es ist ein schönes Gefühl, nicht alleine zu sein und doch ganz woanders als die anderen.

Ich drehe das Gesicht ein Stück aus der Sonne und blinzle zu Karla hinüber. Sie sitzt direkt neben mir, mit dem Rücken an der Wand, schwenkt sinnierend einen fleckigen Weinkelch und betrachtet ihre nackten Beine, die in der Abendsonne glänzen. Sie trägt ein Hemd von Achim, das ihr bis zu den Knien reicht. Der Rauch ihrer Zigarette zieht im staubigen Lichtschein filigrane Muster und verschwindet. Neben ihr liegt Jurek und schläft. Er trägt nur Shorts, hat sich mit dem Rücken zu uns auf die Seite gelegt und Arme und Beine um ein Federbett geschlungen. Seine breiten Hüften sind rot und picklig, hin und wieder kratzt er sich am Steißbein.

Ich rutsche zu Karla auf, lege den Kopf auf ihren Schoß und spüre ihre warmen Oberschenkel durch den Stoff. Nachdem sie aufgeraucht hat, krault sie mir den Kopf und lächelt; ein wohliger Schauer fährt mir über den Rücken. Ich glaube, ich war noch nie so frei und intim wie jetzt; das überwältigt mich. Ich fühle mich Karla so nah, dass ich platzen könnte vor Glück und Unausweichlichkeit.

Karla sagt etwas zu mir, ich kann sie aber nicht hören, also ziehe ich die Kopfhörer von den Ohren. Es ist still im Zimmer, nur Jurek röchelt leise. Ich sehe sie fragend an, sie zuckt aber nur lächelnd mit den Schultern und streicht mir durchs Haar. Wir sehen uns in die Augen, ich seufze. Ich liebe sie so sehr. Einen Moment lang zögere ich, nehme dann meinen Mut zusammen, setze mich auf, lege den Arm um ihre Schultern und gebe ihr einen Kuss auf die Wange. Meine Nase berührt ihre Schläfe, sie riecht süßlich, wie die Kopfhaut eines Babys. Als ich versuche, sie auf den Mund zu küssen, dreht sie jedoch den Kopf weg, entwindet sich sanft der Umarmung und setzt sich auf die Bettkante. Ich bin enttäuscht, fühle mich vor den Kopf gestoßen.

Ohne einen weiteren Blick steht sie auf, bahnt sich auf Zehenspitzen einen Weg durch die Verwüstung und zündet überall Kerzen an. Dann kommt sie zurück, stellt den großen Leuchter neben uns auf den Nachttisch und wirft mir, während sie Wein nachschenkt, einen zaghaft abschätzenden Blick zu, ohne zu lächeln. Ich ziehe beschämt die Knie an den Körper, blicke zu Boden und verstehe die Welt nicht mehr.

Schweigend sitzen wir in der Abenddämmerung, bis es dunkel ist, trinken Wein und blicken in den Kerzenschein. Verunsichert spiele ich an den Kerzen herum und mache Wachsflecken auf den Teppich.

Je länger wir schweigen, desto stärker fühle ich mich von ihr verarscht. Spielt sie nur mit mir? Ich glaube, sie ist feige, einfach feige. Sie muss doch auch bemerkt haben, dass zwischen uns etwas Besonderes ist, das bilde ich mir doch nicht ein. Das nennt man doch Liebe, oder nicht?

Ich atme tief durch, hebe den Blick und sehe sie entschlossen an. «Ich weiß, dass du mich liebst», sage ich bestimmt, «lass es einfach zu.» Sie schiebt die Hand, die ich auf ihr Knie lege, einfach beiseite, sieht mich spöttisch an, schüttelt dann den Kopf und lacht mich aus. «Ich bin doch nicht in dich verliebt», sagt sie, wie selbstverständlich, als sei diese Vorstellung völlig abwegig. Ihre Abschätzigkeit, diese Art, mich zum Deppen zu stempeln, nachdem sie mit mir geflirtet hat, macht mich erst stutzig, dann sauer. «Ich glaub dir kein Wort», fahre ich sie trotzig an.

Jurek erwacht, setzt sich auf und sieht sich verschlafen um; sein Gesicht ist zerknautscht, der speckfaltige Körper sieht im Kerzenschein grotesk aus. Karla wirft Jurek einen hoffenden Blick zu, ich einen genervten, er bemerkt beide nicht, klettert stattdessen ächzend vom Bett, zieht ungeschickt ein T-Shirt über und stolpert wortlos aus dem Zimmer.

Karla sieht ihm hinterher, vermutlich um nicht mich anzusehen, und weil sie ganz schön verstört guckt, lächle ich versöhnlich. «Und», frage ich unverfänglich, «warst du schon mal verliebt?» Sie schweigt einen Augenblick und betrachtet mich skeptisch: «Nein.» Ich lächle: «Na also.» Karla versteht nicht, was ich meine. Als läge es auf der Hand, mache ich eine beiläufige Armbewegung: «Du weißt einfach nicht, wie es ist, verliebt zu sein.» Dann lege ich die Hand auf ihr Knie zurück und sehe sie eindringlich an: «Vertrau mir.» Angeekelt stößt sie mich zur Seite. «Nein», zischt sie, «tu ich nicht, Arschloch!»

Sie wird plötzlich wütend. «Du bist total gestört», brüllt sie mich an, «emotional völlig unzurechnungsfähig. Ich steh nicht auf dich. Check's mal!» Sie trinkt ihren Wein auf ex, sie weiß wohl nicht, was sie noch sagen soll; muss sie auch nicht.

Wir starren stumm in den Raum. *Ich bin gestört*, rattert es mir durch den Kopf, *gestört, gestört, gestört*. Aber ich verstehe das nicht. Warum? «Du bist so feige», sage ich stattdessen und lache verbittert.

Auch Karla lacht, aber es ist kein trotziges Lachen, kein Verlachen, sondern ein in sich gekehrtes, ein leises Lachen der Verzweiflung. Ich sehe sie völlig überrascht an. Zusammengekauert sitzt sie neben mir und ist den Tränen nahe; immerhin. Sie hat also doch Gefühle. Ich starre sie an, voll Liebe und voll Hass, bin wie gelähmt und sprachlos.

Schließlich rücke ich wieder zu ihr auf und streichle mitfühlend ihre Wange. Angewidert schüttelt sie den Kopf. Ich warte kurz, dann fahre ich über ihre Haare und kraule ihren Nacken. Wie versteinert sitzt sie jetzt neben mir und lässt es einfach geschehen. «Glaubst du wirklich, dass ich gestört bin?», frage ich, aber sie antwortet nicht. Ich seufze. Mit der Hand auf ihrem Nacken beuge ich mich vor, bis mein Mund ihr Gesicht berührt; den salzigen Geschmack ihrer Tränen ignoriere ich einfach. Ich bekomme einen Steifen. Dann packe ich plötzlich zu, ihr Nacken verkrampft sich, und sie wirft den Kopf nach hinten. Gerade als ich sie auf den Mund küssen will, kommt Jurek zurück. Direkt hinter ihm steht Achim, seine Hände in die Hüften gestemmt, und sieht mich strafend an. Scheiße.

Laberarsch Ein Neger schlendert auf uns zu, die Kapuze tief ins Gesicht gezogen. Er hat riesengroße Hände und einen fetten Arsch. Erich betrachtet ihn angeekelt. «Immer diese Neger überall» ist das Erste, was er zu mir sagt, ich nicke also eifrig. Stimmt ja auch; als ich ein Kind war, gab es hier fast keine. Und jetzt? Der Neger setzt sich einfach neben uns und raucht. Seine Anwesenheit stört mich.

Man sagt nicht Neger, ich weiß, aber was sagt man dann? Farbiger? Allein das Wort. Außerdem hat meine Haut auch eine Farbe, sogar die echte Hautfarbe, also bitte. Dann vielleicht Schwarzer? Auch irgendwie bescheuert. Wäre man wenigstens konsequent und beschränkte sich nicht auf das koloniale Kinderbuch-Farbspektrum, gäbe es allein unter Weißen, haha, von Leichenblass bis Asitoasterbraun eine wunderbare Farbenvielfalt, was wiederum auch schade wäre, denn Weiß klingt so schön rein und unschuldig. Ich mag Weiß, aber egal; es ist sinnlos, Menschen nach Farben einzuteilen. Dann sage ich eben Afrikaner. Aber vielleicht ist er ja Deutscher, obwohl den meisten ein echter deutscher Neger so gar nicht ins Bild passt, mir auch nicht. Und jetzt? Ich scheiß drauf. Weil ich es nicht besser weiß, bleibt er halt ein Neger. Warum muss man überhaupt immer alles benennen?

Obwohl er nur dasitzt und schweigt, zieht er viele Blicke auf sich. Ein paar Jugendliche gehen vorbei, hören laut Hip-Hop und starren ihn an, wippen besonders lässig am Rhythmus der Musik vorbei. Trotz Vogelsticker rennt einer gegen die Glasscheibe des Wartehäuschens.

Ein Stück weiter steht eine Mutter mit Kind, das mit ausgestrecktem Finger in unsere Richtung zeigt. «Sieh mal, da ist ein Neger.» Der Mutter ist das peinlich. Sie wirft ihm einen entschuldigenden Blick zu, drückt den Arm ihres Kindes nach unten und weist es laut zurecht: «Man sagt nicht Neger.» Das Kind nickt betreten, schielt aber bald wieder zu uns hinüber und kichert. Es treibt nur Schabernack, aber der Mutter ist nicht danach zumute; sie haut ihm auf den Mund, nimmt es an der Hand und geht.

Die alte Frau von vorhin kommt auf uns zu, immer noch die *Bild* unterm Arm, und steuert zielstrebig den freien Sitzplatz an. Als sie den Neger unter der Kapuze als solchen erkennt, verzichtet sie auf den Platz, nimmt vorsorglich einen Sicherheitsabstand, soweit dies auf dem schmalen Gleis überhaupt möglich ist, und stellt sich in den Raucherbereich. Umständlich isst sie im Stehen ihr Puddingteilchen, Blätterteig rieselt auf ihre Bluse.

Der Neger verzieht keine Miene, er nimmt es reglos zur Kenntnis. Spränge er jedoch auf und brüllte lauthals Buh, die alte Frau würfe sich vermutlich vor Angst auf die Gleise, und jeder würde es verstehen.

Plötzlich dreht sich der Neger zu mir um und lächelt mich an. Ich bekomme einen Schreck. Was will der von mir? Genervt erwidere ich das Lächeln. «Es ist immer dasselbe, wenn ich zu meiner Mutter aufs Dorf fahre», erzählt er ungefragt. «Alle starren mich an. Verrückt.» Nö, eigentlich nicht. Ich sage aber nichts dazu, nicke stattdessen vielsagend, also nichtssagend; ich bin ein Heuchler, normal. Wieder lacht er, weder spöttisch noch zynisch, einfach sympathisch. Ich verdrehe innerlich die Augen, diese Gelassenheit des Klügeren widert mich an; jetzt ist er auch noch ein Sympathieerhascher.

«Gestern waren wir im Dorfkrug essen, und ich war die Sensation. Meine Mutter hasst es, mit mir in die Öffentlichkeit zu gehen. Sie kann das einfach nicht begreifen.» Er sieht mich erwartungsvoll an, darum sage ich: «Es ist auch schwer zu verstehen, dass heutzutage ein Neger, ähm, Schwarzer ...» Entrüstet sieht er mich an. «Verdammt», sagt er, «schließlich bin ich Deutscher.»

Unangenehmes Schweigen entsteht. Erich lacht kurz auf. Als ich mich ihm gerade wieder zuwenden will, um ihn darin zu bestärken, räuspert Günter sich schnell. «Du hast mich falsch verstanden», sagt er, «es geht nicht um andere Leute, das wäre ja schön. Es geht um meine Mutter. Sie begreift einfach nicht, dass ich, na ja, ich meine, sie hat es sozusagen verdrängt. Sie tut so, als wäre ich weiß wie sie.»

Er wartet so lange, bis ich verblüfft die Augenbrauen hochziehe, dann äfft er eine Frauenstimme nach: «Günter, kannst du dich nicht benehmen, die Leute gucken schon.»

Fassungslos schüttelt er den Kopf. «Seit meiner Jugend geht das so. Absurd, die eigene Mutter.» Ich lache ungläubig: «Heißt du wirklich Günter?» Er sieht mich verdutzt an. «Ja», sagt er schnippisch, «was ist daran so lustig?» Beleidigt verschränkt er die Arme vor der Brust. «Das ist doch ein ganz normaler Name.»

Ich sehe amüsiert zu Erich hinüber, der Günter abschätzig anglotzt. Ja, mich nervt es auch, dieses arme Würstchen. Ich versuche, möglichst desinteressiert zu wirken, aber das ist Günter egal: «Die meisten denken ja, ich hätte mir meine deutsche Staatsbürgerschaft nur irgendwie erschummelt», labert er weiter und lacht wieder so klugscheißerisch. «Was bedeutet schon ein Pass, wenn es um Blut geht?»

Auch Erich lacht wieder, diesmal laut und boshaft. Während er Günter mit feindseligem Blick fixiert, leert er das Bier und rülpst, zerquetscht die Dose mit bloßer Hand und pfeffert sie auf die Gleise. Es ist ein bisschen dramatisch, geschenkt, er ist halt besoffen.

Günter schüttelt darüber den Kopf, davon lässt er sich nicht beeindrucken. «Die Stunden, in denen ich Leute darüber aufkläre, dass ich ein echter Deutscher bin, sollte ich mir von irgend so einem Integrationsprojekt bezahlen lassen.» Er lacht, diese Vorstellung gefällt ihm: «Zeit ist Geld, darin bin ich ziemlich deutsch.» Er zündet sich eine Zigarette an, zieht wie ein alter Mann die Hosenbeine hoch und blickt sinnierend über die Gleise. Ich habe das Gefühl, dass er das schon hundertmal erzählt hat und ich nur seine Standardshow geboten kriege.

«Und es geht nicht nur um diesen arischen Schwachsinn», sagt er schließlich; seine Gelassenheit geht allmählich in Verbitterung über. «Wenn du wüsstest, wie viele sich nicht trauen, mich anzusprechen, einfach nur, weil sie mit Unterschieden nicht unverkrampft umgehen können. Als sei es schon diskriminierend, überhaupt nach der Herkunft zu fragen.» Er zwinkert mir zu, dann lächelt er schief: «Da ignorieren sie mich lieber.» Ich reagiere darauf nicht. Günter schnippt die Zigarette weg, beugt sich vor und sieht Erich an: «Das ist nämlich auch typisch deutsch», sagt er laut: «Glotzen und die Schnauze halten.» Erich lächelt darüber nur müde. Und ich halte die Schnauze.

Obwohl inzwischen viele Leute auf den Zug warten, setzt sich niemand neben Günter. Ich lächle, es könnte auch daran liegen, dass sein dicker Hintern unter der Armlehne hervorquillt. Vielleicht starren ihn die Menschen nicht deshalb an, weil er ein Neger ist, sondern ein hässlicher Fettarsch. Ob ihm das schon in den Sinn gekommen ist?

Eine Frau kommt vorbei, bleibt in unserer Nähe stehen und glotzt immer wieder zu ihm hinüber; sie ist die Erste, die dabei lächelt. Sie ist dick, trägt wallende Kleider und exzentrischen Schmuck aus Naturstein. Günter verdreht die Augen und wirft mir einen verschwörerischen Blick zu. «Das Gerücht, Afrikaner stünden auf dicke Ärsche und große Titten, motiviert bestimmte Frauen, sich an mich ranzuschmeißen wie die letzten Schlampen», zischt er, deutet mit dem Kinn auf die Frau und zwinkert erneut. «Ich kann mich kaum retten vor Angeboten fetter Sozialpädagoginnen.» Angewidert zucken seine Mundwinkel. «Die tun immer so weltoffen, dabei basiert das alles auf rassistischen Vorurteilen, echt wahr.» Wieder switcht er in eine Frauenstimme: «Schaut her, ich hab mir 'nen Afro geangelt, der ist im Bett ein echtes Tier und hat 'nen – uiuiui, das darf man gar nicht laut sagen.»

Nein, Günter lacht jetzt nicht, es ist ihm ernst damit. Er beugt sich zu mir hinüber. «Mein Penis ist nicht besonders groß», flüstert er hinter vorgehaltener Hand, «guter Durchschnitt vielleicht. Normal halt. Aber den meisten Frauen entgleisen vor Enttäuschung die Gesichtszüge.» Er richtet sich wieder auf, presst nickend die Lippen aufeinander und sieht über die Gleise. Mit seiner riesigen Pranke kramt er in der Jackentasche, holt die Zigaretten heraus und bietet mir eine an. Angesichts seiner Hände stelle ich mir einen Penis von deutscher Durchschnittsgröße vor und grinse wissend; auf nichts ist Verlass.

wirklich so einfach Hinter uns ist Geschrei zu hören, wir drehen uns um. Ein Türke kommt von den Toiletten, eilt entschlossen zu einem Schaffner und schimpft; gewichtig hallen seine Schritte über das Gleis. Der Schaffner ist völlig überrumpelt, darum beruhigt sich der Türke, zieht eine kleine Flasche Weinbrand aus der Innentasche seines Sakkos und trinkt, verstaut sie dann wieder, streicht sich das vordere Haar, das ihm beim Laufen über die Stirn gefallen ist, über die Halbglatze zurück, kräuselt missliebig den Schnauzbart, verschränkt schließlich die Arme vor der Brust und räuspert sich wutschnaubend. Die Frau, die unmittelbar nach ihm die Toilette verlassen hat, bleibt im Hintergrund stehen und wartet teilnahmslos.

Zuletzt kommt noch ein buckliger Putzmann hinaus, fast

noch ein Kind, blass und völlig ausgemergelt. Er wirft der Frau einen scheuen Blick zu, den sie nicht erwidert, dann schlurft er in ausgelatschten Slippern dem Türken hinterher; kraftlos baumeln die dünnen Arme neben ihm. Als der Türke ihn sieht, plustert er sich auf und zeigt mit ausgestrecktem Finger auf ihn. «Dieser Mann muss gefeuert werden!», schreit er. Skeptisch betrachtet der Schaffner den Türken, wirft einen Blick auf den Putzmann und erkennt wohl nur ein jämmerliches Bürschchen, eine Vogelscheuche, denn er schüttelt ungläubig den Kopf: «Jetzt mal halblang.»

In seinem viel zu großen Kittel steht der Putzmann neben ihnen und guckt mit müden Augen dumm aus der Wäsche. Wenn ich ihn mir so ansehe, kann ich ihn mir richtig gut als Perversen vorstellen, wer weiß. Das mache er doch immer so, jammert er jetzt rum, er verstehe echt die Welt nicht mehr. Der Schaffner ist sichtlich von der Situation genervt, fuchtelt abwehrend mit den Händen und muffelt, er wisse ja gar nicht, was passiert sei, kann dem jedoch auch keine Abhilfe schaffen. Er sei nicht zuständig, sagt er also, man möge doch lieber zur Information gehen.

Den Türken interessiert das nicht. «Meine Frau ist auf Toilette, da kommt dieser Mann und putzt.» Er sieht den Schaffner empört an, als sei die Bodenlosigkeit dieses Verhaltens absolut naheliegend. «Und weiter?», will der Schaffner wissen, woraufhin der Türke ihn fassungslos anstarrt. «Ja nichts und weiter», sagt er entrüstet, «ich bin Moslem. Und er ist nur ein Putzmann.» Der Schaffner sieht ihn deppert an: «Ach so», sagt er dazu. «Ach so, ach so», äfft der Türke ihn nach, «es geht um meine Ehre, verstehen

Sie?» Der Schaffner versteht nicht – die Frage war vermutlich auch nur rhetorisch gemeint – der Türke jedenfalls geht auf Abstand und sieht ihn ätzend an. «Nein, davon verstehen Sie nichts», zischt er, «Sie sind ja Deutscher.» Wieder fährt er sich mit der Hand durchs Haar und wartet ab, ob der Schaffner sich möglicherweise doch in seiner Ehre gekränkt fühlt – es macht nicht den Eindruck –, daraufhin verzieht er angewidert die Oberlippe und deutet auf den Jungen, der in sich zusammengesackt dasteht und ergeben auf den Boden glotzt. «Ich verlange, dass er gefeuert wird. Sofort!» Während er spricht, stanzt er mit Daumen und Zeigefinger energisch Punkte in die Luft. «Aber ...», will der Schaffner noch erwidern, doch der Türke lässt ihn nicht zu Wort kommen. «Nein», brüllt er jetzt, «kein Aber!»

Ich drehe mich weg. Vollidiot. Erich seufzt. Günter sieht noch eine Weile zu, dreht sich dann zu uns um und schüttelt den Kopf: «Scheißmoslems.» Erich sieht ihn skeptisch an, dann seufzt er erneut, schwieriges Thema. Ich sage nichts. Günter beugt sich über mich hinweg und spricht Erich direkt an: «Hab ich nicht recht?» Erich brummt, wirft ihm einen unwirschen Blick zu und zieht finster die Augenbrauen zusammen. «Ich weiß ja nicht», bemerke ich kleinlaut, aber weder Günter noch Erich beachten mich, also halte ich einfach wieder den Mund.

Erich räuspert sich schließlich. «Wenn das so weitergeht», grollt er, «kann Deutschland einpacken.» Günter nickt, sehr richtig. «Im eigenen Land können die machen, was sie wollen», findet er, «aber sicher nicht bei uns.» Er guckt ernst. «Jawohl», sagt Erich, nimmt sich noch ein Bier und gibt Günter eines aus; mir bietet er keines an.

Die dunklen Regenwolken sind ganz nah, ein schneidiger Wind pfeift übers Gleis, es wird kalt. Günter lässt seinen Blick in die Ferne schweifen und seufzt, dann prostet er Erich nickend zu. «Ich befürchte, es ist bereits zu spät», sagt er schließlich und schlägt den Jackenkragen hoch: «Ich sage nur Geburtendschihad.» Er lacht resigniert. Erich sieht ihn fragend an, er versteht nicht gleich. «Während die Deutschen immer weniger Kinder kriegen», erklärt ihm Günter, «vermehren sich die Moslems bei uns wie die Karnickel.» Erich nickt jetzt: «Und liegen uns noch auf der Tasche», fügt er trocken hinzu, «ganz schön ausgebufft.» Sie sehen sich bierernst an, dann grinsen sie wissend; man versteht sich.

Diesmal beugt Erich sich über mich, stößt mit dem Ellbogen gegen die Torte, drückt mich achtlos beiseite und schüttelt Günter nachträglich die Hand. «Ich bin der Erich», sagt er kameradschaftlich. Sie trinken. Der Türke geht an uns vorbei, und ihre tötenden Blicke folgen ihm. «Eine Schande ist das», murmelt Günter bitter, «wirklich eine Schande.» Erich klopft ihm auf die Schulter.

Ich werde wütend. Es reicht! Warum ignoriert Erich mich die ganze Zeit? Was habe ich getan? Oder ist er zu besoffen, um mich zu bemerken? Wohl kaum, schließlich unterhält er sich mit diesem nervtötenden Neger. Blöder Wichser. Ich kann das einfach nicht verstehen, tut mir leid. Ein bisschen Nationalismus genügt? Ist das wirklich so einfach? Beleidigt stehe ich auf, stehe dumm rum, mit meiner Schwarzwälder Kirschtorte in der Hand, und weiß nicht, wohin. Hilflos suche ich nach einem Ausweg, und weil mir nichts Besseres einfällt, gehe ich aufs Klo. Erich sieht kurz auf, ohne die Unterhaltung mit Günter zu unterbrechen. Ich will einfach nur heulen. Scheißneger.

unsägliche Allianz Meine Oma ist gerade aus dem Haus. Sie hat mir zum Geburtstag eine Schwarzwälder Kirschtorte gebacken; meine Lieblingstorte. Ich sitze mit Achim und meinen Brüdern um den Küchentisch und verschlinge die Reste. Auch Karla ist noch da. «Ich mag eigentlich keine Schwarzwälder Kirschtorte», sagt Achim beiläufig, isst aber sein drittes Stück, «so gutbürgerlich-deutsch, und so übertrieben viel Sahne, widerlich.» Ich lächle müde, blabla, jetzt kommt der Asket oder was? Wer's glaubt. Während er kaut, huscht ein Lächeln über seine Lippen, dann kichert er dämlich, wiederholt konsonantenbetont *Schwarzwälder Kirschtorte*, rollt übertrieben das R und will klingen wie Hitler; aber er klingt nur wie immer, halt wie ein linker Spötter ohne jedes komödiantische Talent.

Ich verdrehe die Augen und linse verschwörerisch zu Karla hinüber, aber sie beachtet mich nicht. Stattdessen lacht sie besonders laut über Achims Witzchen, der darüber selbstzufrieden grinst; normalerweise lacht ja niemand mehr. Beleidigt stochere ich in meiner Torte rum.

«Am liebsten mag ich Schokokuchen», sagt Karla schließlich. «Oh ja», flötet Achim zuckersüß, «ich auch.» Das ist mir völlig neu, aber egal. Und er redet mit ihr, als wäre sie behindert, aber Karla stört das nicht, sie himmelt ihn an, die falsche Schlange, ich kann es kaum glauben.

Achim wird rot, wirft Karla einen halb ermahnenden,

halb verspielten Blick zu, schmunzelt dann amüsiert, schüttelt den Kopf und stopft sich verlegen Torte in den Mund. Mit halb vollem Mund verharrt er plötzlich, lässt die Kuchengabel fallen, würgt hastig die Torte hinunter, steht abrupt auf, eilt zum Vorratsschrank und kommt mit einem eingeschweißten Kastenkuchen von Aldi zurück. Karla ist entzückt: «Das ist ja lieb», säuselt sie, «danke.» Als er die Packung öffnet, fällt ihm auf, dass es ein Zitronenkuchen mit Schokoglasur ist; es ist ihm unangenehm. Karla lacht, den liebe sie auch; war ja klar. Sie schneidet sich ein Stück ab, blinzelt Achim zu und beißt herzhaft hinein. Achim tut es ihr gleich. Mir wird schlecht.

Während Karla mühsam den billigen Trockenkuchen verdrückt, erzählt sie Achim stolz, sie sei bei einer Demo gegen Nazis in eine Straßenschlacht mit der Polizei geraten, mit Wasserwerfern und Tränengas, das volle Programm. Achim hängt ihr gebannt an den Lippen, wirft betont lässig sein langes Haar zurück und guckt abwechselnd bierernst und köstlich amüsiert. Bei Ausdrücken wie *Scheißpolizei, Scheißnazis* oder *Scheißdeutschland* schmunzelt er wohlwollend. Karla im Kampf gegen das Böse, diese Vorstellung gefällt ihm, daran lässt er keinen Zweifel. Bei den eigenen Kindern habe er die Hoffnung längst verloren, sagt er zu ihr und lacht resigniert: «Die essen lieber Schwarzwälder Kirschtorte und hängen vor der Glotze.» Karla nickt verständnisvoll.

Schweigend esse ich meine Torte. Ich bin schockiert darüber, dass Achim sich wie ein notgeiler Trottel benimmt, obwohl Karla sich offensichtlich nur bei ihm einschleimt. Ich grinse verächtlich. In der Annahme, bei meinen Brüdern auf ungeteiltes Verständnis zu stoßen, werfe ich ihnen einen verbrüdernden Blick zu, aber sie bemerken ihn nicht. Auch sie hören Karla gespannt zu und starren sie geifernd an; es fehlt nur, dass ihnen der Speichel aus dem Mund läuft, ekelhaft. Das geht zu weit. Was fällt denen ein? Karla gehört mir, außerdem habe ich heute Geburtstag. «Wollen wir in mein Zimmer gehen?», frage ich sie also, aber sie reagiert nicht. Karla sonnt sich lieber in all der Aufmerksamkeit, malt ihr Abenteuer bis zum allerletzten Steinwurf dramatisch aus und lächelt unschuldig dabei.

Während er Karla aufmerksam lauscht, zündet Achim sich eine Zigarette an, lehnt sich zurück, schlägt die Beine übereinander und wippt mit seinen Jesuslatschen. Karla verstummt und sieht ihn fragend an. Er weiß nicht, wie er reagieren soll. «Ähm», sagt er dann, «willst du eine rauchen?» Karla klimpert mit den Wimpern. Achim zögert, irgendwie peinlich berührt, nimmt dann seine Schachtel, flitscht mit dem Finger eine Zigarette vor, richtig schön oldschool, und steckt sie ihr noch an, nachdem er ewig in den Hosentaschen nach dem Feuerzeug gesucht hat, das vor ihm auf dem Tisch lag. Karla nickt ihm dankend zu, zieht völlig selbstverständlich an der Zigarette und lächelt mich jovial an.

Ich bin sprachlos, meine Brüder nicht minder; wir haben noch nie vor Achim geraucht, noch nie. Jetzt bleibt ihm nichts anderes übrig, als uns allen eine anzubieten, wie selbstverständlich. Zum allerersten Mal sitzen wir am Küchentisch und rauchen zusammen, verrückt, aber niemand sagt etwas dazu. Irgendwie hasse ich Karla dafür.

Kater Rudi gesellt sich dazu, steht unschlüssig im Raum, und weil ihn niemand beachtet, springt er auf einen Stuhl und reckt sich nach der Sahne. Dann springt er auf den Tisch und frisst von Achims Teller. Ich will ihn verscheuchen, er darf nicht auf den Tisch, aber er setzt sich einfach hin und lässt sich nicht stören, von mir erst recht nicht. Ich bewerfe ihn mit Papierkügelchen, treffe aber nur Achim, der mich genervt ansieht und dem Kater liebevoll über den Rücken streicht. Die Schwarzwälder Kirschtorte dürfe er ruhig fressen. Der Kater hält kurz inne, sieht mich aus kleinen Augen an und schnurrt. Ich hasse Rudi.

Karla beugt sich über den Tisch und nimmt ihn auf den Schoß. Achim sieht ihnen beim Schmusen zu, sichtlich gerührt. «Rudi mochte ihn noch nie», sagt er über mich, wartet, bis Karla verstehend nickt, und sieht dann grienend zu mir hinüber: «Stimmt doch, oder?» Auch Karla sieht mich an, ich zucke nur mit den Schultern. «Doch», sagt Achim, «das ist schon so. Rudi kuschelt mit jedem, aber nicht mit ihm.» Er lacht. Ich sage dazu nichts, kratze stattdessen die Reste vom Teller. Aus den Augenwinkeln beobachte ich Karla mit dem Kater und bin auf beide neidisch.

Karla steht auf und geht zur Toilette. Rudi läuft hinterher. Auch meine Brüder verduften, ich höre sie in meinem Zimmer verschwinden. Ich bleibe also allein mit Achim in der Küche zurück, der die Arme vor der Brust verschränkt und mich anschweigt. Gedankenverloren glotzt er neben mir an die Wand, sein verträumtes Lächeln lässt erahnen, wie sich Karla in seinem Kopf in eine geile Teen-Fotze verwandelt und sich zugleich nahtlos in sein politisch korrektes Weltbild einfügt; einfach perfekt. Ich stehe auf, räume das Geschirr ab und fange an zu spülen, um meinen hasserfüllten Blick vor ihm zu verbergen.

Als Karla in die Küche zurückkommt, sieht er schlagartig auf und strahlt sie an: «Eine Tochter wie dich hätte ich mir gewünscht», sagt er zu ihr und seufzt bedauernd. Ich sehe von der Spüle auf und werfe ihm hinterrücks einen tötenden Blick zu. Er hat sich ihr mit offenen Armen zugewandt und betrachtet sie wie der stolze Vater seine Tochter. Karla ist sichtlich gerührt und lächelt verlegen. Sie geht auf ihn zu, bleibt kurz zögernd vor ihm stehen, wirft mir noch einen undurchschaubaren Blick zu und umarmt ihn schließlich umständlich. «Ich weiß nicht, was ich sagen soll», sagt sie, setzt sich wie ein kleines Mädchen auf den Schoß und schlingt die Arme um seinen Hals. Achim drückt sie fest an sich und gibt ihr einen Kuss. Karla lächelt.

Ich bin geschockt. Ich kann es nicht fassen, kann es einfach nicht fassen. Ich lasse alles stehen und liegen und verlasse wortlos die Küche. «Was hat er denn?», höre ich Karla noch fragen. Achim schnalzt mit der Zunge. «Ach nichts», sagt er, «der war immer schon ein bisschen empfindlich.»

back to reality Ich brülle, brülle immer wieder, schlage gegen die Wand, bis meine Hände schmerzen. Vor mir liegt ein schmaler, gefliester Raum, neben der Tür ist ein Waschbecken mit Spiegel, gegenüber ein altes Klo mit Spülkasten unter der Decke, daneben ein Fenster aus Milchglas. Immer noch brülle ich, aber es bringt nichts. Der Raum verschluckt die Schreie ohne Widerhall, als hätte ich sie nie gebrüllt; wie leere Hülsen schlagen sie dumpf gegen die Fliesen und zerplatzen. Sie sind hohl, verdammt. Sobald ich schweige, herrscht erdrückende Stille. Ich höre nur das leise Rinnsal der Toilette und das eigene Keuchen.

Resigniert lehne ich mich gegen die Tür, sinke stumm zu Boden, umklammere meine Knie, verkrieche mich dahinter, starre gegen braune Fliesen mit Vergissmeinnicht, wie hübsch. Blau ist meine Lieblingsfarbe.

Am liebsten würde ich heulen, aber ich kann nicht; so fest ich meine Lider auch zusammendrücke, es will nicht funktionieren. Ich fühle die Tränen in den Augenwinkeln, als warteten sie auf den richtigen Moment, jedoch vergeblich; es gibt keinen richtigen Moment.

Ich empfinde nichts, ich tu nur so. Wenn ich brülle und gegen die Wand schlage, ist das nur der Ausdruck eines Gefühls namens *Wut*, das wiederum nur Ausdruck einer Kommunikationsstörung namens *Unerfüllte Wünsche* ist, mehr nicht. Und Wünsche sind Träume sind bloß Illusionen. Was soll also das Theater? Im Prinzip kann ich es auch sein lassen.

Wäre ich doch auf der Insel geblieben und hätte mich gelangweilt, schön mit lecker Kaffee. Ja, zumindest das. Habe ich wirklich geglaubt, es wäre eine gute Idee, mir meinen Traum zu erfüllen? Was ist das letzte Mal daraus geworden? Nichts, gar nichts. Ist das überhaupt mein Traum? Ist das Meer nicht nur ein Allerweltstraum, der abgeschmackte Sehnsuchtsort für jedermanns Freiheit? Fuck, ich habe zu lange auf eine Werbetafel gestarrt und mich blenden lassen; als sei ich nicht von dieser Welt. Wen interessiert schon das Meer?

Angewidert lache ich über mich selbst. Mein Gott, tu

nicht immer so abgeklärt, herrsche ich mich an, das ist auch nur eine Attitüde. Als würdest du ernsthaft das wahre Leben kennen, lächerlich. Ich seufze. Wer will auch schon das echte Leben? Da hascht man nach ein bisschen Authentizität und hockt schlussendlich auf dem nasskalten Boden einer Bahnhofstoilette, irgendwo am Arsch der Welt, und ist, ja hmm, was bin ich eigentlich? Einsam. Aber sonst?

Es beginnt heftig zu gewittern. Violettes Licht erfüllt den Raum. Laut prasselt der Regen gegen das Fenster neben dem Spülkasten. Die Kette hängt bewegungslos. Ich sehe hoch, kann durch das Milchglas nichts erkennen, im Blitzlicht nur die Konturen der Regentropfen, die auf der Scheibe nach unten gleiten, manche schnell, manche langsam. Ich lehne den Kopf gegen die Wand und sehe ihnen dabei zu, der Regen und das Warten auf den nächsten Blitz beruhigen mich.

Das Gewitter ist schnell vorbei. Ich stehe auf und schalte das Licht an. Die Neonröhre flackert. Das Geräusch macht mich verrückt, es erinnert an verkokelnde Nachtfalter, ekelhaft. Ich mache die Lampe wieder aus, setze mich auf den Klodeckel und sehe in den Spiegel. Meine Augen gewöhnen sich an die Dunkelheit, und ich sehe beschissen aus. Grundsätzlich finde ich Spiegel auf Toiletten aber toll; ich habe mir schon immer gern beim Kacken zugesehen.

Ich rauche eine Zigarette und finde es beruhigend, ja anrührend zu sehen, wie ich schlicht, ernst und regungslos rauche. Ich fühle mich wie ein Filmstar. Im Glimmen leuchten die Augen, graue Schwaden ziehen aus dem leicht geöffneten Mund und lösen sich in Nichts auf, wie bedeutungsvoll.

Plötzlich höre ich Musik. Ich versuche zu verstehen, woher sie kommt, aber ich kann sie nicht lokalisieren, sie wabert einfach in der Toilette umher und lullt mich ein mit ihrer Traurigkeit. Als die Drums einsetzen, fange ich mit heller, gepresster Kopfstimme zu singen an.

Oh, can't anybody see
we've got a war to fight
never found our way
regardless of what they say
how can it feel, this wrong
from this moment
how can it feel, this wrong

Leise schwelen Streicher im Hintergrund, untermalen verheißungsvoll meinen Gesang und geben ihm mehr Dramatik. Plötzlich ein Crescendo, wundervoll, ich bekomme eine Gänsehaut, und dann schwelgen die Geigen nur selbstverliebt in üppiger Schönheit. Wow, welch Pathos. Es erfasst mich. Ich stehe auf und singe befreit.

Storm
in the morning light
I feel
no more can I say
frozen to myself
I got nobody on my side
and surely that ain't right

Die Musik verstummt. Ich lehne mich mit dem Rücken an

die Wand, den Kopf schräg, des Spülkastens wegen, und höre noch ein nachstimmendes Orchester auf einem knisternden Tonband. Die Kette pendelt vor der Nase. Ich ziehe mir das Hemd über den Kopf, ziehe auch die Hose aus, strample sie umständlich mit den Füßen ab und bin dann nackt, trage nur noch Turnschuhe. Ich betrachte mich im Spiegel, finde mich hässlich, bekomme einen Halbsteifen und wichse ein bisschen.

Das ist dieser Moment, an dem ich bemerke, dass ich weltlich bin; allein der Anblick meines Körpers wirft mich immer wieder darauf zurück. Irgendjemand rüttelt an der Tür und erinnert mich auch noch an die Existenz der Außenwelt – hätte ich ja fast vergessen. Ich muss plötzlich an Erich denken, eine große Entschlossenheit erfasst mich.

Ich drehe mich um und stehe mit dem Gesicht zur Wand und dem Rücken zum Spiegel neben der Toilette. Ich klappe den Deckel hoch, halte mich an der Kette fest und steige vorsichtig auf die Klobrille. Unter mir rauscht die Spülung. Nachdem ich einen sicheren Stand gefunden habe, gehe ich in die Hocke, hebe den Hintern ein Stück hoch und gucke durch meine Beine hindurch in den Spiegel. Ich kann mein haariges Arschloch sehen und drücke.

schweben Lange Zeit stehe ich im Flur vor dem Garderobenspiegel und betrachte ausdruckslos mein Spiegelbild. Irgendwann setze ich mich, ohne Licht zu machen, in der Küche auf die warme Heizung, sehe auf die nächtliche Straße hinaus und rauche. Nichts passiert. Nach der dritten Zigarette wird mir schlecht. Obwohl ich müde bin, hält mich eine innere Unruhe vom Schlafen ab. Mein Blick fährt unaufhörlich an der Wand entlang, folgt den surrealen Schatten der Zimmerpflanzen, die von einer Straßenlaterne an die Wand geworfen werden, und kommt nicht zur Ruhe. Ich versuche nachzudenken, aber in meinem Kopf herrscht ein waberndes Durcheinander, wie Nebelschwaden, die sich nur langsam verziehen. Die Gedanken, die ich darin erhasche, sind jedoch so widersprüchlich, dass sie sich gegenseitig aufheben, einfach verpuffen.

Ich fühle mich wie ein kleines Kind. Immer, wenn ich melancholisch bin, habe ich das Bedürfnis, kindlich zu sein. Ich gehe in den Flur zurück, schleiche an Achims Zimmer vorbei und nehme ein Bettlaken aus dem Wandschrank. Auf der Stelle ziehe ich mich aus und wickle mich ins Laken; ich liebe das Gefühl von kaltem Leinen auf nackter Haut. Wie ein Prinz fühle ich mich jetzt, so kostbar und verletzlich, schreite erhaben ins Bad und lasse Wasser in die Badewanne laufen. Als der Boden mit Wasser bedeckt ist, setze ich mich hinein und lehne mich zurück. Langsam rutsche ich abwärts, stütze mich mit gespreizten Händen ab, hebe die Füße an die Wasseroberfläche und verharre. In sanften Wellenbewegungen berührt das Laken die Beine, saugt sich langsam voll und rutscht von meiner Schulter. Ich schließe die Augen und lausche dem fließenden Wasser. Dann spüre ich plötzlich den Boden nicht mehr, ich beginne zu schweben. Alles verschwimmt in einem Blau.

Na warte, sagte Schwarte Das Umland rast vorbei. Rübenfelder und Gewerbegebiet, verwaiste Bürokomplexe, Straßen, gesäumt von jungen Bäumen, die entgegen ihrer Absicht alles noch trostloser wirken lassen. Es folgen Vorstadtsiedlungen, Inseln im Brachland, jedes Haus gleicht dem anderen, nur die Farbe der Kombis variiert von Dunkelblau bis Schwarz.

Ich sehe den Gang entlang, gleich ist es geschafft. Es ist warm, eng und laut, alles ruckelt und wackelt. Der überfüllte Zug, den ich in allerletzter Minute noch erwischt habe, ist genau so ein altes Ding, wie ich es mir zuvor gewünscht habe, mit furnierten Sechserabteilen, Lederbänken und klapprigen Schiebefenstern. Das macht die Angelegenheit aber nicht besser, im Gegenteil. Genervt drängle ich mich seit einer halben Stunde durch die schmalen Gänge, klettere über das auf dem Gang abgestellte Gepäck, quetsche mich rücksichtslos an anderen, schlecht gelaunten Menschen vorbei und suche vergeblich einen Sitzplatz. Vor allem aber suche ich Erich.

Ich weiß genau, dass er in diesem Zug sitzt, denn er war, als ich eben zurückkam, bereits verschwunden, der Bahnsteig war leer, und einen anderen Zug gab es nicht. Günter bin ich inzwischen über den Weg gelaufen, er sitzt ein paar Waggons weiter hinten und war so sehr in ein Gespräch vertieft, dass er mich nicht bemerkte. Ich habe mich an ihm vorbeigeschlichen und die Worte *absurd* und *meine Mutter* aufgeschnappt.

Eine Frau sitzt neben mir auf einem Koffer und liest dem kleinen Kind auf ihrem Schoß eine Geschichte vor; es hat den Kopf an ihre Schulter gelehnt und lauscht. Wenn ich das so sehe, bin ich neidisch. Ich lehne mich gegen die Scheibe und glotze aus dem Fenster. Mein Atem kondensiert auf der Scheibe, mein Kopf stößt immer wieder dumpf dagegen. Während sich der Zug langsam durch eine größere Stadt schlängelt, lausche ich der Geschichte. Ich kenne sie aus meiner Kindheit.

Schwarte winkte die Gäste herbei. Er grunzte: «Freunde, ehrlich gesagt, ihr stinkt!» Dann nahm er den Schlauch und spritzte sie alle gründlich ab. Das war ein Prusten, Planschen und Quieken!

Das Kind lacht sich kaputt, ich sehe kurz auf und schmunzle. Als die Mutter das sieht, lächelt sie mich freundlich an, knuddelt liebevoll ihr Kind und liest die letzten Sätze gleich noch mal vor, woraufhin es sofort wieder hysterisch zu kreischen anfängt. Dann liest sie weiter.

Da fiel Schwarte siedend heiß ein, was er vergessen hatte: die Kleider! Aber Schwarte dachte: «Na warte!» – denn in seinem Schweinskopf steckte immer eine gute Idee.

Auch das Kind klatscht jetzt aufgeregt in die Hände und fängt vor Vorfreude gleich wieder zu lachen an. «Na warte», kreischt es immer wieder: «Na warte.» Die Mutter wartet geduldig, bis es sich beruhigt hat, wieder einkuschelt und ihr zuhört, dann erst liest sie weiter:

Er ging in den Stall und holte die alte Schubkarre mit

den Farbtöpfen. «Wir malen unsere Kleider selbst!», rief Schwarte. Und jeder bekam das Kleid, das er schon immer haben wollte. Die Kleider passten großartig.

Ich schmunzle verstehend, dann horche ich auf. Das laute Lachen, das plötzlich über den Gang schallt, erkenne ich sofort: Nur Erich lacht wie ein Pferd. Auch die Mutter und das Kind halten kurz inne und sehen sich erstaunt um. Ich bin erleichtert. Endlich! Während ich frohgemut seinem Lachen folge, den Gang entlangeile und in jedes Abteil gucke, höre ich zuletzt noch das Lied von den glücklichen Schweinen:

Alle Schweine, groß und klein,
möchten gern ein Glücksschwein sein.

Nazischeiße Es stinkt nach alten und ungewaschenen Menschen, nach Haarspray, kaltem Rauch und Bier, Davidoff Cool Water und Eau de Cologne, grausam. Es ist kein Zufall, dass ausgerechnet hier noch ein Platz frei war. Ich brauche Frischluft und öffne das Fenster; da niemand protestiert, lasse ich es offen und setze mich wieder. Die Fahrtluft streift über meine Haarspitzen, das kitzelt.

Das Sechserabteil ist voll. Auf den zwei Plätzen neben mir sitzt Erich, und dass er nicht mit mir redet und also schweigend ein Bier trinkt, ist normal, aber das wird schon, ich bin sicher.

Mir gegenüber am Fenster sitzt ein rothaariger Junge

und liest *Neon,* aber nur heimlich hinter seiner *Junge Welt* versteckt. Er trägt die DDR-Fahne auf schmaler Brust und popelt, der ganze Scheiß im Kopf muss raus, doch anstatt ihn an die Polster zu schmieren, rollt er ein Kügelchen daraus und schnippt es gegen die Tür.

Neben ihm sitzt ein junger Mann, am Telefon hat er sich mit Lewandowski vorgestellt. Er ist gut gekleidet und spielt mit seinem iPhone. Hin und wieder steckt er das Handy in die Innentasche, zieht eine Schnute wie Lämpel und sinniert bis zur nächsten Vibration, um es gleich wieder vorzuholen; seine Bewegungen sind ruhig und fließend. Die Ödnis geistreicher Small Talks hat bereits tiefe Falten hinterlassen, das angestrengte Haschen nach Esprit.

An der Tür sitzt die alte Frau mit den Krümeln auf den Brüsten. Sie ist intuitiv ein Stück von ihm abgerückt, lehnt mit der Schulter an der Glasscheibe und blättert in ihrer *Bild,* das elektrostatisch aufgeladene Haar hängt in den orangefarbenen Gardinen.

Vor mir auf dem Klapptisch steht, noch in Papier gewickelt, das Stück Schwarzwälder Kirschtorte. Ich befürchte, dass es zermatscht ist, was blöd wäre, denn ich esse nichts, was nicht schön aussieht. Wär schade drum. Richtig schlimm finde ich, angeschlagenes Geschirr zu benutzen, und bei matschigen Bananen muss ich kotzen, na ja. Ich ziehe die Torte also vorsichtig aus dem Papier, und sie ist noch wunderschön makellos, ich bin ehrlich erleichtert.

Der rothaarige Junge faltet umständlich die Zeitung, weil eigentlich die *Neon* zusammen, legt sie auf den Schoß, verschränkt die Arme und glotzt mich an; es kommt mir spöttisch vor und nervt. Ich glotze zurück. Anstatt jedoch den

Blick zu senken, spielt er das Spiel, wer länger dem fremden Blick standhalten kann. Ich verliere, war ja klar, und er grinst blöd, als ich verstohlen wieder aufsehe.

Er lässt mich in Ruhe und glotzt stattdessen Lewandowski an. Über dessen iPhone schüttelt er nur verständnislos den Kopf, wie mein Vater früher, ich wette, wie auch sein eigener Vater, schrecklich; am liebsten würde ich ihn schlagen. Dieses süffisante Lächeln, diese Art, mit der er jetzt die Beine übereinanderschlägt, aufs Titelblatt seiner Zeitung guckt und noch empört die Augenbrauen hochzieht, wie er es versteht, durch erwachsene Mimik reflektiertes Interesse zu heucheln, ich könnte schreien, so sehr regt es mich auf. Ein bisschen Janosch, Lindgren, Löwenzahn, schon viel zu früh die Tagesschau, Friedrich und das rosa Kaninchen, obendrauf noch Flugblattinformationen, wegweisende Phrasen politischer Hinterzimmerreferenten und ein anständiger Vaterkomplex, alles schön durchgemixt, und raus kommt ein junger Linker, ungenießbar. Wieder popelt er in der Nase. «Das ist krass, oder?», sagt er einfach so und hält Lewandowski die Schlagzeile hin.

Drei Mauertote in Israel.

Lewandowski nickt, deutlich zeitverzögert, und hebt, während er sich noch aufs Display konzentriert, kurz die Hand, um schon mal auf seine Anwesenheit hinzuweisen. Schließlich lächelt er amüsiert, vom Geistesblitz erhellt, steckt das Handy mit ebendiesem Lächeln in die Schutzhülle zurück, streichelt sanft über die Verschlusslasche, fast zärtlich, und schiebt es schließlich behutsam in die Innentasche zurück.

Erst jetzt schenkt er dem Jungen einen durch und durch desinteressierten Blick: «Was?»

Der Junge schnippt seinen Popel durchs Abteil: «Na ja», sagt er ganz selbstverständlich, «Israel halt.» Lewandowski seufzt, zutiefst gelangweilt: «Was ist mit Israel?» Der Junge denkt kurz nach. «Ich sag's mal so», sagt er schließlich, «ich glaube nicht an Nationalstaaten.» Für einen Moment sieht er ernst drein, dann grinst er scheinheilig und zwinkert mit beiden Augen gleichzeitig. Aha. Müde lächelnd wende ich mich ab, diesen Gesichtsausdruck kenne ich doch; erstaunlich, wie viele Menschen so grinsen wie Westerwelle.

Ich stelle jetzt die Torte so hin, dass die Spitze zu mir zeigt, drücke das weiße Plastiklöffelchen durch die Sahne mit Schokosplittern, in den Biskuitboden und die cognacgeschwängerten Kirschen. Schlussendlich liegt die prachtvolle Tortenspitze abgetrennt auf meinem schäbigen Löffel, direkt vor meinem Mund. Ich schließe die Augen und lasse sie genüsslich auf der Zunge zergehen. Ein Gedicht.

Lewandowski hebt, noch bevor er wieder das iPhone nimmt, eine Augenbraue hoch und sieht den Jungen direkt an. «Antisemitische Nazischeiße», sagt er trocken, «typisch.» Verständnislos starrt der Junge ihn an, das hat wahrscheinlich noch niemand zu ihm gesagt, vor Erstaunen fehlen ihm die Worte; also reckt er die Brust vor und schlägt mit der flachen linken Hand auf sein DDR-Logo, als sei dies Antwort genug. Seine Empörung ist irgendwie auch niedlich. Aber was bedeutet schon ein T-Shirt? Lewandowski denkt wohl ähnlich; er zuckt erneut mit den Schultern, ein feines Lächeln auf den Lippen.

Der Junge stockt, stottert rum, ist schlicht verblüfft von so viel Schwachsinn. Er fühlt sich provoziert. «Sind Sie bescheuert?», fragt er todernst. «Die DDR steht ja wohl bis heute für das genaue Gegenteil! Und ebendieser Antifaschismus verpflichtet einen geradezu zu Kritik an Israel, und das hat absolut nichts mit Antisemitismus zu tun, also bitte!» Er schnauft empört: «Von wegen Nazischeiße. Israel ist doch der faschistische, imperialistische Scheißstaat.» Lewandowski nickt verstehend, mehr nicht, er macht sich nicht einmal die Mühe, den Blick zu heben. «Du kannst noch so viele DDR-Shirts tragen und redest doch nur Scheiße», entgegnet er ruhig. «Immerhin war auch die DDR eine antisemitische Diktatur, es kann also nicht dein Ernst sein, Israel damit zu vergleichen.»

Der Junge lacht auf und sieht ihn bemitleidend an, als könne er so viel Dummheit kaum fassen. «Die Opfer von gestern sind die Täter von heute», diagnostiziert er, «das ist doch nur logisch, so rein psychologisch.» Lewandowski lächelt ironisch. Der Junge zieht selbstgefällig die Augenbrauen hoch und verschränkt die Arme vor der Brust: «Und die DDR, gut, sie war eine Diktatur, aber wenigstens mit dem richtigen Anspruch. Und wennschon, dann war sie antizionistisch, und das nicht ohne Grund.» Wieder hält er ihm die Schlagzeile hin, dann seufzt er: «Und so zu tun, als sei sie ernsthaft mit Nazideutschland vergleichbar, ist ein ganz perfider Revisionismus. Lachhaft. Allein in Toten gerechnet muss der Vergleich scheitern.»

Lewandowski runzelt verwundert die Stirn, als fände er das Argument absonderlich, aber der Junge ist sich seiner Sache ziemlich sicher; in seinen Tonfall mischt sich je eine

Nuance Verachtung und Belehrung. «Wenn man heutzutage nicht in Geld rechnet, dann rechnet man in Toten. Die Menge an Toten sagt doch etwas aus, nicht wahr?» Lewandowski antwortet darauf nicht, der Junge grinst das Siegerlächeln: «Klar. Und während die Nazis gleich Millionen umgebracht haben, liegt die Zahl der DDR-Todesopfer unter tausend, quasi nichts, sogar weniger als Nine-Eleven. Komm mir also verdammt noch mal nicht mit Nazischeiße!» Er macht eine kurze Pause und sieht Lewandowski spöttisch an: «Bleibt nur noch die Frage, wie viele Todesopfer Israel hat?» Lewandowski betrachtet ihn ungläubig: «Wie bitte?» Der Junge lacht schrill.

Ich schabe gierig den letzten Rest Torte von der Pappe und stecke mir genüsslich die Amarenakirsche in den Mund; sie bleibt an den Zähnen kleben.

Der Junge wirft mir kurz einen bösen Blick zu, starrt wieder Lewandowski an und wartet auf irgendeine Scheißmeinung, die er in der Luft zerfetzen kann. Abschätzig mustert er ihn, guckt so garstig wie ein gieriges Äffchen, das einem die Tasche wegreißen will. «Heute leben wir schließlich auch in einer Diktatur», verkündet er dann, «dem neoliberalen Kapitalismus nämlich. Darin haben das Geld und die Toten alle Rekorde gebrochen, und keine Sau interessiert's.» Er betrachtet nun herablassend das iPhone und zieht demonstrativ die Oberlippe hoch.

Lewandowski schmunzelt: «Sag ich doch: Antisemitische Nazischeiße.» Dann wendet er sich endgültig ab und schreibt SMS. Dem Jungen schießt die Zornesröte ins Gesicht. «Was hat das damit zu tun?», brüllt er ihn an, er kann es nicht verstehen. «Wollen Sie ernsthaft behaupten, dass ich ein Scheißnazi bin?» Vergeblich wartet er auf Antwort.

hol dir 'n Eis, Kleiner Der Junge packt seine Sachen. Als er die Zeitung in der Tasche verstaut, fällt *Das Delta der Venus* heraus. Das Buch hat auffällig viele Eselsohren. Eilig steckt er es wieder ein. Ich grinse blöd, ach ja, er wichst sogar antiquiert; das wundert mich nicht. Er zieht seine Jacke an und verlässt das Abteil. Ich frage mich noch, wie er wohl heißt: Basti, Fabi, Sebi, Tobi oder Flori? Die alte Frau hält ihn am Ärmel fest und fragt nach seinem Namen. «Matti», sagt er. Sie schenkt ihm zwei Euro.

Re-entry Die Gardinen wiegen zum Abschied bedächtig hin und her, kurz darauf läuft Matti auf dem Bahnsteig das letzte Mal durchs Bild und reckt die linke Faust zum Himmel, dann setzt der Zug sich in Bewegung, auf Nimmerwiedersehen.

Lewandowski sitzt kerzengerade da und betrachtet die alte Frau, die sich Krumen vom Busen pickt; sein Blick ist abschätzend. Er steckt das iPhone in die Innentasche, knetet kräftig seine Hände und faltet sie schließlich im Schoß. «Sie geben dem Jungen also Geld», sagt er leise, wie zu sich selbst. Verwundert hält die Alte inne und sieht ihn an. Sie gibt das geistlose Unschuldslamm mit den traurigen Knopfaugen, was auch bei alten Frauen noch funktioniert, denn Lewandowski lässt sie wieder in Ruhe. Sobald er wegschaut, blitzen ihre Augen kurz auf.

Erich lacht. Er prostet ihr mit dem Weizenkorn zu und hält ihr die Flasche hin. Lustig wackelt sie mit dem Kopf, kichert wie ein Dummchen und trinkt. Sie hält die Flasche mit spitzen Fingern, ganz Dame, den kleinen noch abgespreizt, nimmt erst nur ein Schlückchen, aber auf Erichs Geheiß einen anständigen Schluck hinterher. Sie verzieht keine Miene. Als sie ihm die Flasche zurückgibt, hebt sie kokett eine Schulter und lächelt: «Ich bin die Marlies.» Auch Erich wirft Lewandowski daraufhin einen bösen Blick zu.

Plötzlich wird es dunkel; der Zug fährt durch einen Tunnel. Ich betrachte mich in der Fensterscheibe, zerknirscht blick ich drein, dann folge ich mit den Augen den Kabeln an der Tunnelwand, sie rasen an ihr entlang, mal hoch, mal runter, zwischendurch schnellen Sicherungskästen vorbei, alles zittert und rattert, dann sehe ich mir wieder in die Augen und denke, ich sollte aufhören, mich die ganze Zeit anzustarren. Also sehe ich in die Runde.

Lewandowski hat sich vorgebeugt, die Ellbogen auf die Knie gestützt, den Kopf in die Hände. Konzentriert starrt er ins Leere, schüttelt kaum merklich den Kopf; grüblerische Falten bilden irrwitzige Muster auf seiner Stirn. «Ich verstehe das nicht», murmelt er, hebt den Blick und sieht Marlies direkt an: «Warum haben Sie das getan?» Er ist ehrlich entrüstet, warum auch immer, Kindergarten. Marlies guckt, als habe er den Verstand verloren, und zuckt mit den Schultern: «Nur so.» Lewandowski wirkt ratlos: «Das glaube ich nicht.»

Ich glaube, dass er glaubt, dass Marlies glaubte, dass

Matti an die jüdische Weltverschwörung glaubt, und weil sie das mutmaßlich auch glaubt, hat sie ihm zwei Euro gegeben, als Belohnung sozusagen. Aber das ist reine Spekulation. Wirklich jeder Vollidiot trägt die eigenen Kausalitäten spazieren und sieht Gespenster.

«Sie sind ...», sagt er schroff, hält dann lieber inne und denkt nach. Derweil wechselt sie in den Knopfaugenmodus zurück, plopp, verblüffend. «Wie alt sind Sie?», fragt er dann freundlich, scheinbar sinnfrei, aber sie schüttelt darüber nur den Kopf, also bitte. Erich stemmt eine Hand in die Hüfte und macht auf alte Schule: «Na hör mal.»

Es herrscht angespanntes Schweigen. Lewandowski breitet die Arme aus und lacht schäbig. *Welcome to Germany.* Er zwinkert mir zu, aber ich lache nicht mit, also mustert er mich skeptisch.

Erich schiebt das Kinn vor und sagt wieder: «Na hör mal», diesmal mit Nachdruck. Beschützend legt er die Hand auf Marlies' Knie. Dann dreht er sich zu mir um und sieht mich an, sieht mich einfach nur an. Sein Gesicht ist ausdruckslos. Nicht einmal fragend, nur ausdruckslos. Ich fühle mich hilflos. Ja, schreie ich ihm gedanklich zu, ich weiß, ich weiß, es ist zum Greifen nah, aber ich trau mich nicht. Es ist so absurd, so einfach. Erich seufzt.

Lewandowski blickt auf Marlies' Knie, auf dem bedrohlich nah Erichs Hand ruht, und rückt außer Reichweite. Auch er sieht mich wieder an, und es ist mir unangenehm, von beiden Seiten umworben zu werden. «Es ist kein Zufall, dass ausgerechnet die Deutschen das schlimmste Verbrechen der Menschheitsgeschichte begangen haben», sagt er zu mir und schweigt bedeutungsvoll. Ich sage dazu nichts, warum auch, bla bla halt. Er nickt daraufhin verstehend: «Es gibt nämlich keine Zufälle.» Wieder lacht er sein amüsiertes Lachen. «Nur weil etwas unerklärlich erscheint, ist es noch lange nicht zufällig. Wir besitzen einfach nicht jene Präzision, die notwendig wäre, um die komplexe Summe aller möglichen Ursachen überhaupt evaluieren zu können, von Verstehen ganz zu schweigen.» Grinsend sieht er in die Runde: «Wir sind nur Menschen.»

Marlies macht eine wegwerfende Handbewegung: «Ach, das ist doch Unfug, was Sie quatschen, alles nur Wichtigtuerei.» Lewandowski sieht sie fragend an, so aha, dann ignoriert er sie, lächelt wie ein Zauberer auf einem Kindergeburtstag und grabbelt verschwörerisch mit den Händen in der Luft. Die vorbeiziehenden Bäume werfen Schatten ins Abteil, sein Gesicht flackert stroboskopisch, der Blick ist dramatisch. «Wenn es aber kein Zufall ist, was ist es dann?» Erwartungsvoll zieht er die Augenbrauen hoch und seufzt, als er keine Antwort erhält: «Ja, das Deutschsein.»

Ich verdrehe gelangweilt die Augen; einer schlimmer als der andere. Erich räuspert sich bedrohlich und versucht sich aufzurichten, ohne seine Hände fehlt ihm allerdings die Kraft, sich nach vorne zu hieven; anstatt jedoch die Hand von Marlies' Knie zu nehmen, lässt er sich wieder zurücksacken. Die Sitzbank wackelt. Erneut wirft er mir einen Blick zu, diesmal aber nicht ausdruckslos, sondern erwartungsvoll. Er setzt mich unter Druck. Handlungsdruck. Scheiße.

«Mit dem Deutschsein ist es wie mit Parasiten», quatscht Lewandowski dazwischen und zieht die Aufmerksamkeit wieder auf sich. «Es nistet sich ein und pflanzt sich munter fort. Dann wird man es nicht mehr los, denn bei veränderten Bedingungen stirbt es nicht ab, sondern mutiert. Es dekontextualisiert sich bei Bedarf und re-kontextualisiert sich dann einfach wieder neu. Es recycelt sich quasi.»

Erich und Marlies wirken ratlos, sie haben nicht alles verstanden, nur das mit den Parasiten war nicht so nett. Sie wechseln vielsagende Blicke und lachen ihn schließlich aus. Er könne ja nicht mal richtig Deutsch sprechen. Lewandowski lässt sie lachen, es kümmert ihn nicht, er verschränkt die Arme vor der Brust und wartet geduldig, bis sie fertig sind.

«Mit anderen Worten», fährt er fort, «das Deutschsein entwickelt sich ständig weiter, bleibt im Kern aber unverändert.» Marlies wackelt aufgeregt mit dem Kopf: «Ich verstehe das nicht. Was ist denn daran schlecht? Deutschsein ist ja nicht beliebig.» Lewandowski blinzelt ihr spöttisch zu. «Genau», sagt er freundlich, «es ist vieles, aber ganz sicher nicht beliebig. Nichts anderes sage ich die ganze Zeit: Die Deutschen sind und bleiben Faschistenschweine. Und sie sehnen sich wieder nach Größe, Schröder lässt grüßen.» Er bläst die Backen auf, furzt mit dem Mund und lacht Erich in die Visage. «Und sie ist gefährlich, die unerfüllte Geltungssucht des nimmersatten Schweinchen Schlau.»

Schweigen. Immer dieses Schweigen. Was soll man auch sagen? Letztlich ist alles die Summe unerklärlicher Blicke. Das Fenster klappert aufgeregt, das Rattern des Zuges klingt bedrohlich. Noch immer huschen Schatten über Lewandowskis Gesicht. Er nimmt intuitiv sein iPhone, spielt nervös damit herum und steckt es schließlich wieder ein. Er ist auch nur ein Schwätzer, alles klar.

Ich spüre, wie Erichs Blick auf mir ruht, und drehe mich langsam zu ihm um. Er sitzt da, dick, fett und selbstgerecht, die Beine weit auseinander, die umgekippte Plastiktüte zwischen den Füßen, in einer Hand die Flasche Korn, die andere auf Marlies' Knie, und zwischen allem prangt sein mächtiger Bauch. Wenn ich es genau betrachte, dann ist sein Bauch nicht mächtig, sondern nur unglaublich fett, in massigen Lappen sackt er bis zu den Knien hinab. Er hat rote Pusteln im Gesicht, er schwitzt und stinkt, ist feist, dreckig und besoffen. Aber jetzt ist er hilflos und kann sich nicht wehren. Und er starrt mich an und klagt wortlos meine Schuld ein. Ich senke den Blick. Fuck.

Marlies starrt mich ebenso fassungslos an, es hat ihr die Sprache verschlagen. Ihre kleinen Knopfaugen sind herzzerreißend, ihre fleischlosen Hände nesteln fahrig am Kruzifix. Sie sieht zerbrechlich aus. Erich spendiert ihr einen Korn, für die Nerven. Sie klammert sich an die Flasche und trinkt, nix mehr mit abgespreiztem Fingerchen, schließlich kriegt man nicht alle Tage so viel Dreck um die Ohren gehauen, da kann man mal die Contenance verlieren. «Meine Güte», stöhnt sie, «so viel Ärger wegen zwei Euro.»

Auch ich bin sprachlos. Auf der einen Seite ist jede kollektive Identität ein lächerliches Konstrukt, und auf der anderen Seite ist Deutschsein an sich faschistisch. Wahnsinn. Wir sind nichts, aber wir glauben daran. Das System ist alles. Und obwohl das irgendwie schrecklich ist, zum Verzweifeln hoffnungslos, lässt es mich kalt. Ich kann es nicht ändern. Macht ist Macht, Inhalte sind Fassaden, austauschbar wie schmutzige Wäsche, und wie es mir darin ergeht, liegt nur bei mir selbst. Na ja, außer ich bin der Jude im System, aber das ist Zufall, das ist also zu komplex, das versteht man einfach nicht.

Erichs Blick ist immer noch auf mich gerichtet, und ich sehe darin seine Enttäuschung, die keimende Gewissheit, dass ich doch ein Versager bin, ein lächerlicher Niemand. Marlies hält wie zum Trost seine Hand. Lewandowski gibt sich betont unbeteiligt und sieht aus dem Fenster, das triumphierende Lächeln schon auf den Lippen. Ich sehe verzweifelt hin und her, jetzt oder nie, setze mich aufrecht hin, räuspere mich hörbar und sage: «Ich bin deutsch, und ich bin stolz darauf.» Und ja, es ist gar nicht so schlimm.

kleinster gemeinsamer Nenner Dankend nehme ich die Flasche und trinke. Der Korn ist warm, aber ich kann mich nicht daran erinnern, dass mir ein Schnaps je so gut geschmeckt hat. Meine Kehle brennt. Marlies legt die *Bild* beiseite, nimmt auch einen Schluck und reicht die Flasche an Erich weiter. Der wiederum prostet mir freundlich zu und boxt mir noch, bevor er trinkt, brüderlich hart gegen den Oberarm. Jetzt, wo Lewandowski endlich weg ist, haben wir es schön gemütlich, der Erich, die Marlies und ich, so richtig schön gemütlich, und ich genieße dieses stille Einvernehmen, das zwischen uns herrscht. Ich wechsle auf den anderen Fensterplatz, um in Fahrtrichtung zu sitzen, ziehe die Schuhe aus und lege die Füße auf den Sitz. Alles ist gut.

Draußen vor dem Fenster herrscht trübes Wetter. Die Weidelandschaft, durch die wir fahren, zeigt sich in allen erdenklichen Grautönen, kleine Wälder und Höfe ziehen vorbei, verwischte Flächen aus Tannengrün und Braun. Über allem liegt matt ein Schleier wie Unschärfe auf einem Gemälde von Gerhard Richter. Obwohl mitten am Tag, ist es dämmrig, nur die Leuchtröhre auf dem Flur wirft etwas Licht ins Abteil.

Marlies kramt in ihrer Handtasche und verteilt reihum Makronen, die sie jede einzeln aus einem Zellophantütchen fischt. Ich stecke mir eine in den Mund und bemerke dabei, dass meine Finger nach Scheiße stinken, ekelhaft. Immer wieder halte ich sie mir unter die Nase, rieche daran und fühle mich widerlich, ich kann aber nicht anders. Während ich die dröge Makrone zerkaue, sehe ich auf die Zeitung, die auf Marlies' Knien liegt.

Dem Monster auf der Spur.

Wow. Zuerst fällt mein Blick auf das unscharfe Schwarz-Weiß-Foto eines bulligen Mannes, trotz des schwarzen Balkens vor den Augen sieht er böse aus, man erkennt das Monster sofort. Daneben das Farbfoto von einem Jungen, der schüchtern in die Kamera lächelt, und in der Ecke ein kleines Bild von weinenden Eltern auf einer Pressekonferenz. Der Text am Rand sagt auch nicht mehr.

Sind Monsterbilder zufällig immer schwarz-weiß und unscharf? Oder ist es Absicht, damit jeder das Böse erkennt? Denn das Böse ist nicht bunt, das versteht sich von selbst, es war immer schon schwarz wie die Nacht. Sonst könnte man auf die krude Idee kommen, die weinenden Eltern in den verwaschenen Disneyland-Sweatshirts seien Monster, oder der kleine Junge selbst, der nicht etwa schüchtern lacht, sondern lüstern und gemein. Ja, sähe man genauer hin, man könnte es erkennen. Er hat dem Mann mit einem Messer die Augen ausgestochen, ein grausamer Anblick, darum auch der schwarze Balken. Und die Eltern weinen, weil ihr Kind so schrecklich böse ist. Aber nein, so kann das nicht sein, denn natürlich zeigte man die ausgestochenen Augen, ganz groß auf dem Titel, und Schwarz bleibt eben Schwarz.

Marlies sieht lange schweigend auf die Bilder und seufzt, so was macht ja auch sprachlos. «Eine Schande ist das», sagt sie dann, «in was für einer Welt leben wir eigentlich?» Sie sieht Erich und mich regungslos an, wir gucken ernst zurück. Gute Frage, keine Ahnung. Erich gibt ihr die Flasche, und sie trinkt. «Aber mich wundert gar nichts mehr», behauptet sie schließlich, nickt Erich dankend zu, trinkt erneut und gibt die Flasche an mich weiter. «Die ganzen Abartigen heutzutage, unglaublich, es ist ja fast so, als wäre das normal. Und dann spielen die Kinder noch diese Killerspiele am Computer. Was soll man dazu sagen? Natürlich werden die Menschen in so einer Welt pervers und erschaffen sich selbst ihre Monster.» Unaufhörlich schüttelt sie den Kopf und pocht mit dem Zeigefinger auf das Schwarz-Weiß-Monster, ihre andere Hand spielt nervös am Kruzifix; wieder seufzt sie.

Ich spüle mit Korn die mürbe Makrone runter und muss plötzlich an den Film *Braindead* denken; mir Marlies darin vorzustellen entlockt mir ein Schmunzeln. Sie würde überleben, ich bin sicher. Weil sie mich sofort strafend ansieht, sage ich: «Ja, das ist echt krank. Eigentlich müsste man sie alle töten, einfach abknallen wie Zombies, Peng, ein Perverser weniger. Yeah.»

Marlies sieht mich überrascht an, verbucht meine Ausdrucksweise dann wohl als altersbedingten Unterschied, erkennt aber den richtigen Ansatz und ist beruhigt. Sie bietet mir noch eine Makrone an, aber ich lehne dankend ab. «Ach», sagt sie, «und alle reden immer über die Täter und vergessen darüber die Kinder.» Sie senkt den Kopf und betrachtet mich über den Rand der Brille hinweg. «Ja, was wird nur aus den Kindern? Schrecklich.»

Wir schweigen. Erich fühlt sich berufen, zu diesem Thema auch etwas zu sagen; er räuspert sich: «Schlimm ist das. Die werden dann ja unbrauchbar.» Er schreit so laut, als führte er ein Ferngespräch, er ist völlig am Ende. Marlies sieht ihn verdattert an, die Hände im Schoß gefaltet, lächelt dann gütig und verdreht die Augen, so gekonnt beiläufig, dass man denken könnte, man habe es sich nur eingebildet. Sie ist eine kleine Zicke, die gute Marlies, gar nicht mal schlecht.

Ich versuche ihr zu erklären, was Erich gemeint haben könnte: «Wer einem Kind eine solche Schande zufügt, der zerstört etwas an seiner intimsten Stelle.» Marlies nickt energisch, ganz richtig, ich fahre also fort: «Das stört natürlich die Entwicklung. Und Kinder, die sich nicht anständig entwickeln, werden verrückt, nicht wahr?» Sie sieht mich fragend an, und ich mache eine relativierende Handbewegung. «Na ja, ich meine, die Gefahr ist größer, dass sie nicht normal werden, krank, gefährlich.» Jetzt versteht sie und nickt wieder, ich lächle: «Und Kinder sind die Zukunft. Wir brauchen sie so perfekt wie möglich. Wenn ich zum

Beispiel an die Kinder armer Asozialer in einer Hochhaussiedlung denke: Was wird wohl aus denen?»

Marlies schmunzelt darüber. «Schon recht», sagt sie. Einige Augenblicke lang schweigt sie dann, wackelt mit dem Kopf und guckt sinnierend aus dem Fenster. «Früher haben die Leute ihre Kinder verdroschen, wenn es nötig war. Es hat nicht geschadet. Heute darfst du das nicht mehr, da wanderst du ins Kittchen, wenn du Pech hast.» Über derlei Unfug schüttelt sie nur den Kopf. «Dabei wäre es manchmal richtiger, auch ehrlicher, seinem Kind einfach den Hintern zu versohlen.» Sie nickt wissend, steckt sich akkurat eine Makrone in den Mund, und während sie kaut, kann ich ihr beim Grübeln zuschauen; mit halb vollem Mund spricht sie weiter: «Jetzt gucken alle diese gewalttätigen Filme. Und die ganze Pornografie. Das gab es früher nicht. Was man da nicht alles hört.» Mühsam würgt sie die Makrone runter und seufzt. «Ich meine, das muss ja alles irgendwo herkommen.» Während sie mit der Zunge die Reste aus den Mundwinkeln pult, hält sie die *Bild* hoch und pocht dagegen: «Zu was das alles führt, kann man schließlich jeden Tag in der Zeitung lesen.»

«Schwanz ab», brüllt Erich und lacht sein unerträgliches Lachen, dieses nervige Lachen eines selbsterklärten Witzbolds. Ich verkneife mir das meine, obwohl ich Erich witzig finde, aber Marlies guckt wieder empört, und ich möchte unsere Harmonie jetzt nicht zerstören, ist doch grad so nett.

«Ich verstehe das nicht», sage ich zu ihr. «Hat es denn früher keine Perversen gegeben?» Nachdenklich legt Marlies die *Bild* auf den Schoß zurück, zwirbelt die Goldkette in den Fingern und sieht dabei zu, wie sich das Kruzifix um sich selbst dreht; sie antwortet nicht sofort. «Doch», sagt sie dann, «sicher gab es die, bestimmt. Da hieß es dann: Geh nicht beim alten Fritz vorbei, der tut den Kindern was. So war das.» Sie seufzt. «Aber es gibt keinen Zusammenhalt mehr. Das ist das Problem.» Sorgfältig streicht sie die Zeitung glatt. «Gott sei Dank haben wir die *Bild*-Zeitung», meint sie noch, «die deckt das ja alles auf. Sonst wäre Land unter, mein lieber Scholli.»

Habe ich noch nie so betrachtet, kann man so sehen. *Bild* ersetzt den Zusammenhalt der Dorfgemeinschaft, und das Fernsehen sorgt noch für die gemeinsame Erfahrung. Das ist ja wichtig, damit man sich zumindest während der Mittagspause unterhalten kann, genial eigentlich. Man stelle sich vor, selbst das gäbe es nicht, unverantwortbar.

Marlies faltet die *Bild* ordentlich zusammen und steckt sie in die Handtasche, die Titelstory hat etwas mit Dschungel zu tun, auch interessant, aber egal. Sie richtet ihre Kleidung, wischt mit ruppiger Handbewegung ein paar Krümel vom Rock, schiebt zuletzt die Brille nach oben und betrachtet mich ernst: «Vermutlich hat es viele Gründe, warum es diese Monster gibt, aber eines ist sicher: Das sind dann keine Menschen mehr. Die müssen weggeschlossen werden, und zwar für immer.»

Erich nimmt eine leere Bierdose, hält sie sich vor die Augen wie einen schwarzen Balken und gluckst hinter verschlossenem Mund, um den Lachflash noch zu unterdrücken, dann brüllt er prustend: «Ich bin ein Monster.» Sein ganzer Körper wackelt, Bier tropft auf die Jogginghose. Er verharrt in seiner Pose und lacht, schmeißt die Dose dann zu Boden, drückt sich mit letzter Kraft hoch, macht dramatisch große Augen, nähert sich mit den Händen langsam Marlies' Gesicht und schließt die Augen: «Hmmm, Blut, ich liebe Blut.»

Ich lache mich tot, Erich freut sich. Wieder mal bringt er es auf den Punkt: Am Ende ist die ganze Hysterie nur Marktschreierei, sensationsgeile Zurschaustellung kurioser Perversionen, Volksbespaßung. Der Zwerg mit Riesenpimmel auf dem Jahrmarkt. Alle finden's geil, aber keiner gibt es zu, schon klar. Ich knalle das fette Monster einfach ab, peng, es fasst sich an die Brust, fällt nach hinten und streckt Arme und Beine weit von sich.

Marlies schüttelt den Kopf: «Irgendwo ist Schluss», sagt sie streng, «irgendwo ist eine Grenze.» Reumütig blicke ich auf meine Füße und verstumme. Ja, ich will hoffen, dass irgendwo noch eine Grenze ist. Marlies sieht mich lange schweigend an, dann lächelt sie wieder, na also.

Hunger Der Hunger treibt mich in die Küche. Es stinkt nach Kohl und Katzenklo. Im Kühlschrank befindet sich nur Scheiße, kalorienarme Wurst und Harzer Roller; von Nutella träume ich schon mein ganzes Leben. Achim tut immer so gesund, isst aber bestimmt heimlich nach der Arbeit eine Currywurst. Ich pfeife mir ein Tofuwürstchen rein. Auf der Packung steht, sie würden wie deutsche Knackwurst schmecken, das ist aber gelogen; sie haben die Konsistenz aufgeweichter Vortagsbrötchen. Während der Tofu auf der Zunge zerbröselt, stelle ich alles, was ich finden kann, auf die Anrichte; es ist nicht viel. Im Brotkorb ist nur Schwarzbrot und Knäcke, aber im Vorratsschrank finde ich, ganz weit hinten, eine Packung Toastbrot. Das sieht Achim ähnlich, heimlich Weißbrot zu bunkern.

Während ich darauf warte, dass der Toaster das Brot wieder ausspuckt, suche ich vergeblich nach Süßigkeiten und trinke stattdessen ein Bier. Ich suche mehr Alkohol, finde aber nur den selbst gemachten Met, den Achim zum Geburtstag geschenkt bekommen hat; notgedrungen trinke ich den, direkt aus der Flasche. Achim wird wütend sein, egal. Ich scheiß auf Achim.

Ich verdrücke die ersten Wurstbrote, spüle mit Bier nach und toaste gleich die zweite Ladung. Rudi kommt in die Küche und schlawinert um meine Füße herum. Ich stoße ihn beiseite. Er mault beleidigt, setzt sich mit etwas Abstand neben mich und beobachtet mich aufmerksam. Ich sehe auf ihn hinab, unsere Blicke treffen sich, wir belauern uns. Sein Blick kommt mir überheblich vor, ja, er guckt genau wie Achim. Je älter Rudi wird, desto mehr ähnelt er seinem Herrchen. Ich lache gehässig. Die Scheibe Wurst, die ich ihm achtlos vor die Schnauze werfe, beschnuppert er argwöhnisch, knabbert kurz daran und verschmäht sie. Verwöhntes Mistvieh.

Rudi springt einfach auf die Anrichte hoch und beschnuppert die Essensreste. Ich will ihn vertreiben, aber er hockt sich hin und leckt sich demonstrativ die Klöten. Ich werde wütend. «Ich scheiß auf dich», brülle ich, aber er glotzt mich nur an, als hätte ich den Verstand verloren.

Ich glotze zurück. Dann greife ich ihn mir rasch. Mit aller Gewalt versucht er sich zu befreien, als ahnte er, dass seine letzte Stunde geschlagen hat, er faucht und kratzt, aber ich lasse ihn nicht los, halte ihn mit der Schnauze ins Spülbecken und lasse Wasser ein. Er zappelt panisch. Während er langsam die Kräfte verliert und schließlich jämmerlich im Spülwasser ersäuft, sehe ich aus dem Küchenfenster, höre im Hintergrund beruhigend das Wasser plätschern und betrachte sehnsüchtig den strahlend blauen Himmel über den Dächern der Stadt.

weiche Brüste Der Zug bremst ganz langsam, das Quietschen ist unerträglich. Ich starre zu Boden, halte mir die Ohren zu und bemerke, dass Erich sein Bier vergessen hat; rasch nehme ich die Tüte und laufe ihm hinterher. Er steht noch mitten im Gang, auf ziemlich wackligen Beinen, und hält sich an der Wand fest. Ich rufe nach ihm. Er dreht sich zu mir um und sieht verzweifelt aus. Schrill kreischen die Reifen, es fiept; der Zug bremst so scharf, dass ich mich festhalten muss. Plötzlich kommt er zum Stehen, ruckt zurück und wirft Erich aus dem Gleichgewicht. Er macht einen großen Schritt vor, kann sich aber nicht halten und fällt mir entgegen. Ich halte ihn fest.

Er schlingt mir die Arme um den Hals und klammert, als würde ich ihn vorm Ertrinken retten. Ich spüre seine verschwitzten Hände am Nacken, sein dicker Bauch drückt sich gegen meinen. Mein Gesicht ruht an seinen weichen Brüsten. Ich atme tief ein, sein schwerer Körpergeruch kriecht mir in die Nase. Ich halte ihn fest und seufze. Seine ganze muffige Wärme verschlingt mich mit Haut und

Haar, ich versinke in ihm. Es ist nur ein kurzer Augenblick, aber mir erscheint er wie eine Ewigkeit. Ich fühle mich geborgen.

neue Altlasten Der Bahnhof ist nur ein Gleis, auf dem knöchelhoch das Gras wächst, im wilden Löwenzahn stehen noch das Gerippe einer Sitzbank und die Fahrplan-Vitrine. Eine einzelne Straßenlaterne spendet Licht, in deren Schein feiner Nieselregen fällt wie Pixelschnee. Dunkelheit bricht herein; das matte, allumfassende Grau aus Nebel und Regen, in dem der Horizont zwischen den Hügeln verschwimmt, schimmert dunkelviolett in der untergehenden Sonne, die sich hinter tiefen Wolken verbirgt. Die Straße, die das Bahngleis kreuzt, führt den Berg hoch zu einem kleinen Wäldchen, dahinter sind die Lichter einer Ortschaft zu erkennen.

Ich friere. Unzählige Tröpfchen rinnen die Stirn hinunter und tropfen von der Nase. Es ist lästig, aber ich kann nichts dagegen machen; in der einen Hand halte ich die Biertüte, mit der anderen stütze ich Erich. Ich habe den Arm ein Stück weit um seine Hüften geschlungen, er seinen Arm auf meiner Schulter abgelegt. Er ist schwer, ich kann ihn kaum halten, helfe ihm aber, nicht das Gleichgewicht zu verlieren. Wäre ich nicht bei ihm, er bliebe wohl im Graben liegen.

Wir kommen nur langsam die Straße hoch. Wir schweigen, keuchen nur. Erichs Adiletten platschen auf dem nassen Asphalt und nerven. Ich muss mich konzentrieren, um nicht mit ihm auf die Fresse zu fallen. Alles klebt am Körper, das nasse T-Shirt scheuert mir über die Brustwarzen. Ich zittere stark und kann es nicht bezwingen, inzwischen bin ich so durchgefroren, dass mein Körper auf automatische Restwärmeerzeugung umgeschaltet hat. Die Zähne klappern unkontrolliert, obwohl ich sie so fest zusammenpresse, dass mein Kiefer sich verkrampft. Ich beiße mir auf die Zunge und schmecke Blut.

Am Waldrand mündet die Straße schließlich in einen Wanderweg, der direkt durch den Birkenhain führt. Auf der anderen Seite des Waldes liegt ein Weiler, bestehend aus einer Handvoll alter Bauernhäuser, in deren Fenstern Licht brennt. Ich hoffe, das ist unser Ziel, denn ich kann nicht mehr.

Mir ist scheißkalt, ich bin hungrig und sehne mich nach einem gemütlichen Sofa. Vor der Glotze hängen und Pizza bestellen, das wäre geil. Noch besser wäre Erichs Frau, bestimmt eine ganz liebe, die uns gleich herzlich empfängt und mit dem Abendessen auf uns wartet. Nach dem Essen steckt sie mich in die Wanne, gibt mir einen Schlafanzug und selbst gestrickte Hausschuhe und betüddelt mich ein bisschen, weil ich ihren Mann wohlbehütet nach Hause gebracht habe. Sie macht mir ein warmes Bett im alten Kinderzimmer, am nächsten Morgen ein gutes Frühstück und gibt mir die frisch gewaschene Wäsche zurück, die herrlich nach Weichspüler duftet.

Wir taumeln also in den Wald, dem Weiler entgegen. Der Weg ist breit, aber auf Erichs Seite leicht abschüssig, der Boden schlammig, von Reifen zerpflügt und voller Gestrüpp. Einige Meter unterhalb des Weges liegt ein kleiner

Angelteich. Erich stützt sich immer mehr ab, ich gehe unter der Last in die Knie und stöhne, muss aber zugleich aufpassen, dass er nicht nach vorne sackt und die Böschung hinabstürzt. Die Waden schmerzen, die Beine zittern vor Anstrengung, und ich merke, dass meine Kräfte schwinden und ich sein Gewicht bald nicht mehr halten kann.

Nachdem wir die ersten Bäume hinter uns gelassen haben, lässt der Wind nach. Über uns rauscht es im kahlen Geäst, sonst ist es still. Im letzten Tageslicht schimmert die Rinde, die in papiernen Bögen von den Baumstämmen blättert. Ich bleibe stehen und verschnaufe. Erich schwankt bedrohlich, dennoch lasse ich ihn kurz los, um meine Beine zu entlasten, befreie mich aus seiner Umklammerung, hüpfe und reibe die Hände aneinander, bis ich zu zittern aufhöre. Mit den Ärmeln wische ich mir den Regen aus dem Gesicht, spüre vor Kälte meine Nase nicht mehr, die unaufhörlich läuft.

Erich macht alleine einen Schritt nach vorne, kippt seitlich weg und fällt gegen einen Baum; mit gespreizten Beinen verharrt er am Abgrund. Beim Versuch, den anderen Fuß nachzuziehen, verliert er auch noch die Adilette. Die Jogginghose rutscht nach unten, die Feinripp klebt ihm klitschnass in der Kimme. Ich mache einen Schritt auf ihn zu, nehme seinen Arm und ziehe ihn hoch. Er schnauft. Als er auf einigermaßen festem Boden steht, stützt er sich auf meiner Schulter ab und versucht vergeblich, mit dem Fuß in die Adilette zu schlüpfen, die er stattdessen noch ein Stück wegtritt. Mit dem Fuß schiebe ich ihm genervt die blöde Schlappe in die richtige Lage, aber er schafft es einfach nicht, sie alleine anzuziehen. Er flucht, ich auch. Ganz langsam knie ich mich also in den Morast, fische nach der Adilette und ziehe sie ihm an. Erich drückt mich immer tiefer in den Schlamm, sodass ich mich mit den Händen abstützen muss. Ich bleibe auf allen vieren im Dreck hocken und verzweifle. Als ich mich endlich zusammenreißen und mit letzter Kraft aufrichten kann, verliert Erich wieder das Gleichgewicht.

Er versucht noch, sich an einem Zweig festzuhalten, taumelt nach hinten, stößt sich den Kopf an einem Baum, fällt rücklings die Böschung hinunter, überschlägt sich ein paarmal und bleibt schließlich reglos am Ufer des Angelteichs liegen. Erschrocken sehe ich ihm hinterher. Im Halbdunkel ist er nur ein Dreckhaufen, aber er lebt, sein Atem raucht. Ich bin beruhigt. Wäre die Lage nicht so beschissen, ich hätte mich schlapp gelacht vor Schadenfreude, stattdessen bin ich abgefuckt. Nimmt das nie ein Ende?

ausgeträumt Es ist stockfinster, selbst die Birken sind nur noch schwarze Silhouetten. Ich hocke entkräftet am Ufer, trinke ein Bier und blicke aufs dumpfe Wasser, auf dem kein Licht mehr reflektiert; ruhig, dunkel und abgründig liegt es vor mir. Ich kann das andere Ufer in der Dunkelheit nicht mehr erkennen. Fast scheint es, als sähe ich den nächtlichen Horizont über dem Meer; nur, es riecht nicht salzig, sondern nach Moder und Waldboden. So viel zur Erfüllung meines Traums; ich seufze.

Erich liegt neben mir im Schlamm und schnauft wie ein Schwein. Er kann sich nicht bewegen, ich habe ihn eben mit letzter Kraft auf den Rücken gedreht und ihm noch die Biertüte als Kissen unter den Kopf geschoben, aber das Adrenalin hat ihn beim Sturz wieder ausgenüchtert; er ist bei Verstand und motzt rum. Ich höre ihm nicht zu.

Ich will rauchen, ziehe die Schachtel aus der klitschnassen Hosentasche, versuche vergeblich, eine feuchte Zigarette anzuzünden, schmeiße schließlich alles in den Tümpel, auch das Feuerzeug. Idiot. Soll mir alles scheißegal sein. Ich lache verzweifelt. Was soll ich sagen? Da hock ich nun. Das gemütliche Sofa jedenfalls ist in weite Ferne gerückt, das kann ich nicht leugnen. Und ich habe nicht die geringste Ahnung, wie ich Erich den Berg hochkriegen soll.

Ich sehe zu ihm hinüber, kann im Dunkeln aber nicht erkennen, wo genau er hinguckt. Sieht er mich an? Oder blickt er übers Wasser? Lange Zeit konzentriere ich mich darauf, erkenne nichts Genaues, sehe nur ein riesengroßes, dunkles Etwas neben mir, das laut und schwer atmet; es könnte auch ein Wildschwein sein oder ein schlafendes Schmunzelmonster. Er stöhnt. Ich nehme noch einen Schluck Bier. «Was machen wir jetzt?», frage ich schließlich.

Erich lacht verbittert. Er richtet sich ein Stück auf und stützt sich auf seinen Ellbogen ab, die im Matsch versinken. Ich bilde mir ein, dass er mich anstarrt, tatsächlich höre ich ihn aber nur husten, rotzen, zuletzt noch ans Ufer kotzen. Er kann sich vor Erschöpfung nicht halten und sackt in den Dreck zurück, der Hinterkopf schlägt auf die Biertüte. Er keucht, sein Atem rasselt. «Verdammt», flucht er, «was bist du nur für ein Trottel?!»

Beschämt gucke ich zu Boden, trinke den letzten Schluck Bier, schmeiße die leere Dose in den Teich und sehe zu, wie sie mit Wasser vollläuft, bis nur noch die Öffnung zu erkennen ist; untergehen will sie nicht. «Tut mir leid», sage ich schließlich. Erich brummt. Ich warte einen Augenblick, erst dann räuspere ich mich: «Glaubst du, dass du den Berg hochkommst?» Er lacht fatalistisch, ich seufze.

Ich muss mich jetzt zusammenreißen, vor allem, weil Erich meine Hilfe benötigt. Ich muss stark sein. Und morgen lachen wir gemeinsam darüber. Scheiße schweißt zusammen, das ist schön. Ich versuche mir einfach nichts daraus zu machen, dass er schlechte Laune hat, ich kann ihn ja verstehen.

Ich raffe mich auf und gehe zu ihm. Er ist dreckverschmiert und starrt mich aus kleinen Augen an, sein Atem pfeift stoßartig durch die Nase, klingt bedrohlich. Es riecht nach Kotze. Ich bleibe stehen und unterdrücke den Würgereiz, schlinge mir die Arme um den Bauch und sehe zaudernd auf ihn hinab. «Was?», blafft er mich an, es trifft mich wie ein Schlag. Ich schrecke zurück, gucke abwehrend zu Boden und zucke mit den Schultern. «Ich dachte nur», sage ich vorsichtig, «du erfrierst, wenn du weiter auf dem nassen Boden liegst. Vielleicht setzen wir dich besser auf und lehnen dich gegen den Baum.» Er betrachtet mich unschlüssig. «Dachtest du?» Verlegen schiebe ich die Hände in die engen Hosentaschen und ziehe die Schultern zu den Ohren.

«Also gut», sagt er, nicht gerade freundlich. Ich greife ihm unter die Achsel und versuche ihn hochzudrücken, er ist aber zu schwer und glitschig, ich rutsche immer wieder ab. «Jetzt warte doch», bellt er mich an, muss wieder verschnaufen. Er röchelt, ich kann den Schleim im Rachen hören. Angewidert lasse ich ihn los, schlage die Faust in den Schlamm und brülle frustriert, reiße mich sofort wieder zusammen, ermahne mich: Stell dich nicht so an. «Stell dich nicht so an», sagt auch Erich und lacht.

Ich gebe nicht auf, stelle mich breitbeinig über ihn, überwinde meinen Ekel, nehme wieder seine Hände und zerre. Erich stöhnt, doch er bewegt sich, immerhin. Auf halber Höhe müssen wir Luft holen. Ich mache einen Schritt ins Wasser, konzentriere mich, stemme mich mit aller Kraft gegen sein Gewicht und kriege ihn schließlich hochgezogen. Sitzend sackt er vor und stützt das Kinn am Brustbein ab. Er würgt und blutet am Hinterkopf. «Du blutest», sage ich also.

Er tastet sich über den Schädel und sieht abschätzig in meine Richtung. «Halt doch einfach die Fresse», sagt er ruhig. «Hab ich dich was gefragt? Hab ich dich um irgendwas gebeten?» Ja. Nein. Keine Ahnung. Irgendwie schon. «Aber ...!» Er brüllt: «Halt's Maul!» Ich verstumme verdutzt. Wir schweigen, belauern uns. Was geht? Ich will doch nur helfen. Verständnislos starre ich ihn an: «Sei doch nicht unfair.» Als er jetzt mit seinen Drecksfingern in die Platzwunde packt, zuckt er kurz zusammen, lacht dann hämisch und äfft mich nach. Ich sehe weg. Schon gut, ich hab's ja kapiert. Wir sind in einer Notlage. Denk nach.

Ich habe keine Ahnung. Ehrlich gesagt hatte ich gehofft, in solchen Ausnahmesituationen würde irgendein Instinkt einsetzen und einen intuitiv alles richtig machen lassen. Im Film würde man jedenfalls erst mal eine rauchen, schon klar, und dann echte Freunde werden.

Ich schmunzle darüber und stöhne laut und erleichtert

auf, sehe Erich dann an und lächle zuversichtlich. «Meinst du, wir schaffen es ...?», will ich ihn fragen, verstumme aber, denn er hebt den Kopf und funkelt mich aus kleinen Augen an. «Nein», herrscht er mich an, «*wir* schaffen ganz bestimmt nichts!» Sein Blick ist unmissverständlich verachtend, ich kann ihn nicht ertragen und sehe gleich wieder zu Boden; fahrig behakeln sich meine eiskalten Finger. «Wer ist *wir*?», fragt er, lacht noch lakonisch. «Wer bist *du* überhaupt?» Lauthals zieht er die Nase hoch und sieht mich feindselig an. «Lass mich in Ruhe», sagt er trocken.

Ich bin verwirrt, gekränkt, bestürzt. «Aber Erich», entgegne ich matt, «ich bin es doch, Viktor.» Ich höre mich so reden und kann es mir selbst nicht erklären, obwohl ich ihn nicht verstehe, weiß ich doch genau, dass er nicht verrückt ist. Erich ist bei Verstand und meint es ernst. Ich soll ihn in Ruhe lassen. Fuck. Ein falscher Augenblick, und alles ist vorbei, das ist verrückt, sonst nichts.

«Viktor», sagt Erich ironisch und kriegt sich nicht mehr ein vor Lachen. «Das ist gut.» Während er mich auslacht, beäugt er mich abfällig. Ja, sehr witzig. Er ist nicht der Erste, der über mich und meinen Namen spottet, aber wenigstens hat er den Humor nicht verloren. Ich verschränke beleidigt die Arme, kann jetzt auch nur lächeln wie Westerwelle, ein dämliches *Ätsch* huscht mir noch im Kopf herum, ich bin so peinlich. Ich halte mir die Hand vor den Mund.

Mein Gesichtsausdruck macht Erich rasend vor Wut. «Verdammte Scheiße», brüllt er, «was willst du von mir? Willst du mich verarschen? Meinst du, ich bin bescheuert? Hast du geglaubt, ich merke nicht, dass du mir am Arsch klebst wie die Fliegen auf der Scheiße?» Er lacht so niederträchtig. «Du elender Speichellecker bückst dich sogar vor mir in den Dreck, um mir die Schuhe anzuziehen.»

Ich stehe wie erschlagen da und will nicht glauben, was er sagt, will es auch nicht hören. Ich halte mir die Ohren zu und sehe ihn hilflos fuchteln, kläffen, Fratzen schneiden. «Du lügst», schreie ich und höre die Worte im Kopf widerhallen. «Du lügst!» Er guckt mich mitleidig an und verstummt wieder, ich senke betreten die Hände. Wir glotzen uns an. «Und zu guter Letzt stößt du mich einen Abhang hinunter», sagt er dann ruhig, tief in der Brust grollt es nur finster. «Was willst du Idiot also noch von mir? Verpiss dich!»

Ich zittere vor Wut, vor Enttäuschung. Ich bin wie gelähmt. Ich versuche einen klaren Gedanken zu fassen, irgendeinen Gedanken, finde aber keinen. Ich suche nach Worten, nach Erklärungen, zumindest ein bisschen Kausalität, und sei es nur für mich. «Nichts», flüstere ich, «ich dachte nur, wir wären ...» Erich lacht auf. «Nichts sind wir», brüllt er, «gar nichts!»

Jedes einzelne seiner Worte schlägt mir voll in die Fresse. Ich taumle von ihm weg, fassungslos, haltlos, stolpere über die Füße, falle zu Boden, verkrieche mich in mir, so gut es eben geht, verberge das Gesicht unter den Armen. Alles zieht sich zusammen. Ich zittere vor Schmerz, vor Anspannung, will schreien, einfach schreien, doch nur ein trockenes Krächzen schabt den Rachen entlang. Verzweifelt presse ich gegen den Schmerz, bis ich zu platzen drohe. Als er endlich nachlässt, fühle ich mich nicht befreit, sondern stehe noch mehr unter Druck. Der Kopfschmerz sticht im Stakkato des rasenden Blutdrucks, der Atem hechelt, als erstickte ich mühsam. Umständlich schiebe ich die Hände in die Hose und schließe sie um meinen kleinen Penis, das beruhigt mich. Ich sehe mich so im Schlamm liegen und verachte mich dafür. Ich bin erbärmlich. Mir wird schlecht, ich kotze nur Magensäure, aber der Würgreiz lässt nicht nach.

final fantasy Erich sitzt am Ufer wie ein bösartiges Maskottchen, den Bauch voll mit kleinen Kindern. Es hat die Beinchen müde ausgestreckt, den Kugelkörper vorgebeugt, den Kopf feist auf den Schultern und die schlaffen Ärmchen neben sich. Es sieht grotesk aus, und glotzte es nicht so garstig, es wäre zum Totlachen, ein Clown. «Hau ab», plärrt es noch und fuchtelt mit den Armen. «Verpiss dich!» Ich krieche ein Stück in den Wald, halte inne, drehe mich um und starre zurück. Wieder erkenne ich nur ein riesengroßes, dunkles Etwas, und aus der Entfernung sieht es weniger bedrohlich aus; bloß ein Schatten.

Wut steigt in mir auf. Wovor habe ich eigentlich Angst? Etwa vor dem, was da hilflos in der eigenen Scheiße sitzt? Ich herrsche mich an: Hast du keine Selbstachtung? Bist du wirklich so billig?

Ich ertrage diesen Gedanken nicht und renne zum Tümpel zurück, bleibe direkt vor Erich stehen und starre ihn an. Mein Herz rast, ich habe Angst vor ihm. Er beäugt mich unsicher, wie ein angeschossenes Tier, aber lacht seine Angst schnell weg. Ich trete ihm mit aller Gewalt in den Bauch. Er schreit, ich brülle: «Halt die Fresse!» Er krümmt sich vor Schmerz, ich trete immer wieder zu.

Schließlich sackt er zur Seite, wie eine Kellerassel kauert er vor mir auf dem Boden und ächzt. Ich fühle mich befreit, als widerfahre mir Gerechtigkeit. Obwohl Erich völlig fertig ist, trete ich nach. Diesmal packt er mich jedoch, krallt sich fest und reißt mir mit letzter Kraft das Bein weg. Kopfüber stürze ich ins Wasser und verliere kurz die Orientierung. Ich trete rasend gegen seine Hände, bis er mich loslässt, rapple mich wieder auf und stürze mich auf ihn. Er hält abwehrend die Arme hoch. Ich dresche mit bloßer Hand dagegen und schreie, kriege ihn an den Gelenken zu fassen und drehe ihm den Arm um, bis er wimmernd nachgibt.

Ich packe noch fester zu und zerre ihn ins Wasser. Erich begreift sofort, was ich vorhabe, ich kann die Angst in seinen Augen sehen. Er versucht sich loszureißen, sich mit den Füßen gegen mich zu stemmen, findet auf dem schlammigen Boden aber keinen Halt; mühsam schleife ich ihn in den Tümpel. Als ihm dämmert, dass er keine Chance hat, fängt er jämmerlich zu schreien an. Ich lasse ihn los und sehe einfach zu, wie er bis zur Brust ins Wasser plumpst. Er verschluckt sich panisch, krächzt nach Hilfe, ich trete ihm lachend die Hände weg, auf denen er sich abstützt, er taucht wieder unter und rudert hilflos mit den Armen.

Ich lasse ihn zappeln. Bevor er Halt findet, werfe ich mich auf seinen Rücken, packe ihn an den Haaren und drücke seinen Kopf unter Wasser. Der Oberkörper bäumt sich auf, er zuckt, der Kopf schlägt rasend hin und her. Er versucht sich über Wasser zu halten, taucht kurz auf und schnappt nach Luft. Ich knie auf seinen Schultern, drücke ihn mit aller Gewalt nach unten, bis er keine Kraft mehr hat, sich hochzudrücken. Ich keuche vor Anstrengung. Verzweifelt versucht er mich abzuschütteln, greift blind hinter sich, den Kopf unter Wasser, und reißt an meinen Händen. Ich lasse nicht los, beiße ihm in den Arm, bis er sich nicht mehr wehrt, drücke ihn mit geballter Kraft weiter unter Wasser und merke, dass sein Widerstand langsam schwindet.

Ich triumphiere. Ich fühle jetzt meine unglaubliche Macht, für einen flüchtigen Augenblick überwältigt sie mich, überstrahlt alles und verfliegt; nur die lähmende Angst kehrt wieder zurück. Ich zweifle. Scheiße. Will ich ihn wirklich umbringen? Entmutigt starre ich auf die Hände. Er zuckt noch, der letzte Atem blubbert, und mir graut es. Ich fange an zu zittern und merke, wie der unbedingte Wille im Zweifel restlos zusammenbricht, bis meine letzten Kräfte schwinden. Ich gebe auf.

Ich lasse Erich im Wasser zurück, schleppe mich ans Ufer und flüchte atemlos die Böschung hoch. Ich höre ein Planschen. Meine Hände graben sich durch verfaultes Laub in den feuchten Boden, suchen im Dunkeln Halt an Wurzeln und Geäst. Die Beine rutschen immer wieder weg, ich falle zurück. Äste flitschen mir ins Gesicht und kratzen, Finger stoßen gegen Steine. Ich zittere. Alles tut weh, stößt dumpf gegen den vor Kälte tauben Körper; ich kann mich nicht mehr fühlen. Ich schnaufe und schluchze, höre es rascheln, glitschen, schlieren, rieche nur Morast. Schatten huschen vorbei, ich kann nichts erkennen, sehe nur braunen Pfuhl und die dreckverschmierten Hände, die ins Ungewisse greifen.

Oben angelangt ziehe ich mich auf den Weg und bleibe erschöpft am Boden liegen. Ich blicke noch einmal zurück und kann nichts erkennen, lausche noch, höre nur wieder den Wind und das eigene Keuchen; ich bin erleichtert. Mit letzter Kraft drücke ich mich hoch, knie mich hin, klappe in mich zusammen und fange an zu heulen. Wimmernd liege ich da, mit dem Kopf auf den Beinen, würde am liebsten hier sitzen bleiben, muss aber fort, muss weiter, ins Warme, zwinge mich also aufzustehen und schleppe mich den Weg entlang. Ich bin am Ende.

das rettende Eiland Am Waldrand sehe ich wieder das Licht, der Weiler liegt nah. Am ersten Fachwerkhaus bleibe ich stehen, zögere ängstlich, unschlüssig, weiß nicht was ich sagen soll, will doch nur ins Warme. Ich klopfe. Nichts passiert. Ich klopfe erneut, diesmal lauter. Jetzt höre ich eine Tür sich öffnen, Dielen knarzen, Schlurfen, höre leises Tuscheln, ein Kichern hinter der Tür. Licht fällt über die Schwelle auf meine verdreckten Turnschuhe, die Tür öffnet sich langsam, das Flurlicht blendet. Eine Katze huscht an mir vorbei ins Haus. Ich halte mir die Hände vor die Augen, versuche zu lächeln, spüre die erlösende Wärme, die aus dem Haus strömt, und schöpfe wieder Hoffnung. Aber große Kinderaugen starren mich nur an. Ein Kind schreit.

Eine junge Frau kommt an die Tür, mustert mich skeptisch und hält besorgt die Arme vor die Kinder. Ich stehe schlotternd im Regen, es hat mir die Sprache verschlagen. Ihre Resolutheit verfliegt, ihre Angst vor mir kann sie kaum verbergen. Ich sehe sie flehentlich an und halte mich am Türrahmen fest, meine Beine drohen vor Erschöpfung einzuknicken. Sie weicht zurück, schiebt die Kinder in den Flur und ruft nach Hilfe, dann erkennt sie meine große Not und hat Mitgefühl. Sie sieht mich erschüttert an, dann besorgt, ja sanftmütig.

Ein großer Mann mit unwirschem Blick steht jetzt neben ihr und legt beschützend die Hand auf ihre Schulter. Er fragt etwas, es klingt sehr bestimmt, schüttelt jedoch, als ich nicht antworte, über sich selbst nur den Kopf; die Lage ist klar. Bestürzt steht er in der Tür und betrachtet das Elend, wechselt mit der Frau einen ernsten Blick, flüstert etwas, nickt, tritt schließlich zur Seite und lässt mich herein.

Ich stolpere in den Flur und schließe die Augen, es ist so hell. Hinter mir höre ich die Tür ins Schloss fallen und bin erleichtert. Wärme umschließt mich und brennt auf der Haut, mein Gesicht glüht. Erleichterung überwältigt mich, die Beine versagen. Ich taumle kopflos vor, höre noch Kreischen, halte mich an Jacken fest und falle dumpf zu Boden. Ich stöhne kraftlos. Überall Schuhe. Katzenaugen glotzen. Der Mann greift mir von hinten unter die Arme, seine Körperwärme lässt mich erschaudern. Die Frau eilt nach oben. Die Kinder huschen ängstlich vor mir her und glotzen, der Mann grummelt, und sie verduften.

Ein zweiter Mann hilft, mich die Treppe hoch ins Badezimmer zu tragen. Sie reden, ich spüre ihre Stimmen am Körper, sie flößen mir Vertrauen ein. Im Bad riecht es nach Kamille. Gemeinsam ziehen sie mich aus und untersuchen mich auf Verletzungen, reden mit mir, fragen mich aus, aber ich kauere nur splitternackt auf der Wäschetruhe und starre ins fassungslose Gesicht der jungen Frau, die mit Wäsche in der Tür steht. Sie kommt herein, legt meine Hand schlicht in die ihren.

Auf drei heben sie mich in die Wanne. Als meine durchgefrorenen Füße das Wasser berühren, schreie ich vor Schmerz und hyperventiliere. Sie setzen mich auf den kalten Wannenrand, ich zucke zusammen. Besorgt sehen sie mich an, reden auf mich ein, bis ich mich beruhige, setzen mich dann ganz vorsichtig ins knöcheltiefe Wasser. Die Wogen um den Körper machen mir Angst, mir wird schlecht. Wieder zittere ich stark, kauere mich zusammen, umklammere die Beine und krampfe; mein Kopf stößt hart gegen die Knie. Der laufende Wasserhahn macht mich wahnsinnig. Jemand rubbelt mir mit den Fäusten über den Rücken, das tut gut, langsam gewöhne ich mich an den Schmerz und an die Wärme. Ich pinkle erschöpft ins Wasser und höre die Männer freundlich lachen.

Sie schrubben mich mit kratzigen Waschlappen, sie tun es mit solch ungelenker Zaghaftigkeit, als wüschen sie ein Kind. Ich stöhne. Dann helfen sie mir hoch, auf wackligen Beinen steige ich aus der Wanne und lasse mich von der Frau in ein muffiges Badetuch wickeln. Ich bibbere in ihren Armen. Sie trocknet mich ab, rubbelt mir die Haare und Füße, zieht mir flink eine Jogginghose an, Wollsocken, ein altes T-Shirt und noch einen Pulli, legt mir eine Decke über die Schultern und schiebt mir zuletzt milde lächelnd die Kapuze über den Kopf. Jetzt ist mir warm.

einfach Nichts In der Küche riecht es nach Kohlsuppe und Katzenklo. Ich sitze auf einer Bank, der Rücken am warmen Ofen, vor mir auf dem Tisch steht ein Teller Suppe und ein Becher Tee, auf dem Becher ist ein Smiley und lächelt schief. Die junge Frau sitzt neben mir. Im Licht einer Korblampe sitzen noch mehr Männer und Frauen auf Holzbänken am Tisch und essen Suppe aus unterschiedlichen Tellern. Sie sehen müde und gesund aus. Kisten für Zwiebeln, Rüben und Kartoffeln stehen neben der Tür. Die Kinder hocken auf dem Boden und spielen mit der Katze. An einer Anrichte steht eine Frau und knetet Teig, zwei Männer sitzen auf dem Sofa und spielen Backgammon.

Alle schweigen, geschäftige Stille liegt im Raum. Löffel schaben über Porzellan, leise knarzen die Bänke, die Anrichte quietscht beim kraftvollen Walken der Brot backenden Frau, aufgeregt klirren die Gläser. Hin und wieder fragt jemand nach Brot, nach Butter oder einem Nachschlag, dampfende Schüsseln werden über den Tisch gereicht, gehen wie von selbst durch die vielen Hände und zurück. Alles erscheint so vertraut. Ich fühle mich in ihrer Gemeinschaft geborgen, ich habe nichts zu befürchten und esse also meine Suppe.

Verstohlen werfen sie mir Blicke zu, manche fragend, manche auch besorgt, wechseln dann vereinzelt ein paar Worte, gucken unschlüssig auf ihre Teller und zucken mit den Schultern. Die junge Frau füllt erneut meinen Teller, bestreicht eine Scheibe Brot mit Butter und betrachtet mich schweigend, legt das Brotmesser zur Seite, faltet die Hände im Schoß und stellt mir ein paar Fragen. Geduldig wartet sie auf Antwort. Ich höre ihre Stimme, sie klingt beruhigend in mir nach, höre auch ihre Worte, kann sie nur nicht fassen; sie perlen an mir ab, als hätten sie nichts mit mir zu tun. Auch die anderen sehen mich an. Aber ich esse nur schweigend meine Suppe, und bald widmen sich auch die anderen wieder dem Essen.

Während die Kinder gemeinsam auf dem Fußboden spielen, lugen sie immer wieder zu mir hinüber und tuscheln. Sie werden albern, völlig überdreht, toben durch die Küche und kreischen, gucken mich schelmisch an und hoffen, mir ein Lächeln abzuzwacken. Störgeräusche. Ich höre ihr Kreischen und zucke zusammen, spüre das laute Gepolter durch die Bank, finde es nur anstrengend, nervig. Sie stören.

Nach dem Essen stehen alle auf, räumen den Tisch ab und fangen an zu reden. Stimmengewirr erfüllt die Küche, Murmeln, lautes Lachen. Plötzlich herrscht heitere Geschäftigkeit, schlicht und harmonisch. Jeder hat eine Aufgabe. Einer räumt das Geschirr ab, ein anderer die Gläser, jemand wischt den Tisch, jemand spült, einige trocknen ab, ein weiterer fegt den Boden. Die Frau knetet ihren Teig und steht im Weg, die Männer auf dem Sofa spielen ungerührt; immer wieder knallen die Würfel auf das Spielbrett.

Als Einziger sitze ich noch am Tisch, vor mir steht der halb volle Teller und der Becher mit Smiley; er grinst mich weiter an, niemand sonst beachtet mich mehr. Die Katze nutzt ihre Chance und legt sich neben mich an den Ofen, auch sie beachtet mich nicht weiter. Das rege Treiben beruhigt mich.

Die Ofenhitze brennt am Rücken, also beuge ich mich vor, stütze mich mit den Ellbogen ab und gucke in den Teller. Bruchstücke meines Gesichts spiegeln sich in der Suppe, die Augen und ein Stück Mund, der Rest ist von Kohl und Wurzelgemüse verdeckt. Ich esse das Gemüse schnell auf, aber die restliche Brühe vibriert unter dem Getrampel, mein Spiegelbild verzerrt sich.

Während ich das Zerrbild in der Suppe betrachte, lausche ich den Geräuschen in der Küche. Ich höre nur Rumoren, Dröhnen, Rauschen, hin und wieder Kreischen, Scheppern oder ein lautes Lachen, aber ich kann es nicht orten; es schwirrt herum, kommt wie aus weiter Ferne. Grundlos werde ich aufgeregt, mein ganzer Körper kribbelt wie ein eingeschlafener Arm, es ist nicht schmerzhaft, aber seltsam. Mein Herz klopft laut, ich spüre den Puls in den Fingern. Meine Hände werden schwitzig, ich schaudere; mein Magen zieht sich zusammen, so als hätte ich Lampenfieber.

Ich sehe hoch, mir ist ganz wirr. Auf der gegenüberliegenden Seite des Tisches steht ein kleiner Junge, vollkommen ruhig inmitten des Trubels, sein Kopf lugt gerade über die Tischplatte, ich kann nur seine staunenden Augen sehen. Mit den Fingern krallt er sich an der Tischkante fest und starrt mich an, als hätte er so etwas wie mich noch nie gesehen. Ich lächle verlegen, aber sein Gesichtsausdruck verändert sich nicht. Die anderen Kinder kommen stattdessen angelaufen und glotzen, ich sehe ihre großen Augen, ihr kindliches Entsetzen. Sie schnattern, zerren aufgeregt an ihren Eltern und zeigen in meine Richtung.

Die junge Frau dreht sich um, sieht mich verwundert an, dann hält sie sich vor Schreck am Arm eines Mannes fest. Die beiden Männer auf dem Sofa hören zu spielen auf und sehen zu mir hinüber, einer steht sogar verwundert auf.

Auch die Katze neben mir glotzt mich an, ich glaube, sie lächelt. Die Brot backende Frau klopft mit offenem Mund ihre mehligen Hände an der Schürze ab und verschränkt die Arme. Ein paar andere kommen zum Tisch, legen ihre Hände auf die Schultern der Kinder und betrachten mich ruhig. Sie schweigen.

Ich höre ein Knistern im Ohr, aus der Ferne einen tropfenden Wasserhahn. Das Kribbeln wird immer schwächer, mein Pulsschlag auch. Ich spüre weder die Wärme noch meine Erschöpfung, mir ist aber nicht kalt. Ich fühle mich leicht, ja schwerelos, und sehe beschwingt zurück auf den Teller; die Brühe vibriert nicht mehr, trotzdem kann ich mein Spiegelbild nicht sehen. Am oberen Tellerrand glitzert jedoch das Deckenlicht.

Erschrocken sehe ich auf, um mich herum nur noch Blicke, erstaunt und friedvoll. Sie sehen mich an, kommen immer näher. Ich hebe die Hände und kann dabei zusehen, wie sie verblassen. Ich schreie, aber ich kann es nicht hören, es hallt nur in meinen Gedanken wider. Dann ist es vorbei. Es ist nichts, einfach nichts.

Mein besonderer Dank gilt Thaddaeus Grochol und Sepp Plönges, ihr seid wundervoll. Außerdem Pascale und Willi Does, Gereon Wulftange, Alexander Keil und meinem Lektor Joachim Bartholomae.

DEUTSCHE ERZÄHLER BEI MÄNNERSCHWARM

ROLF REDLIN

BÄRENSOMMER

Bastian, Mitte zwanzig, Student, träumt von einem Kerl mit behaarter Wampe. In den Ferien jobbt er im Deichbau und hofft, dort einen «Bären» zu fangen. Wilfried, Steinsetzermeister und fast doppelt so alt, flirtet zum Spaß mit dem Studenten ....

PETER REHBERG

BOYMEN

Hunger nach Leben und Angst vor dem Trott, grenzenlose Mobilität und Midlife-Crisis: Peter Rehberg hat den Tonfall gefunden, der das Lebensgefühl seiner Generation sinnlich erfahrbar macht.

MICHAEL SOLLORZ

PIRATENHERZ

Michael Sollorz erkundet in seinen Erzählungen, wie sich Menschen gegen die Banalität ihrer Existenz behaupten. Ein Funke genügt, und plötzlich nimmt die Sehnsucht überhand, romantische Träume überlagern die Realität.